LE LIVRE DES TENDRESSES

"COLLECTION DU CHEVET"

Marceline DESBORDES-VALMORE

Le Livre des Tendresses

ÉDITIONS NILSSON
144, AVENUE DES CHAMPS-ÉLYSÉES
PARIS

LE LIVRE DES TENDRESSES

LA FÊTE

Pour la douzième fois, hier, sur ma demeure,
Nuit lente ! tu passais sans jeter de pavots ;
Sur mon cœur malheureux je sentais tomber l'heure,
Et l'écho répétait l'heure avec mes sanglots.
Je regardais, sans voir, une lampe inutile
Dont les rayons brûlaient ma paupière immobile ;
« Elle s'éteint », disais-je : hélas ! c'étaient mes pleurs,
Qui d'un triste nuage entouraient ses lueurs.

Mais à travers mes pleurs et cette clarté sombre,
J'ai vu paraître une ombre,
Autrefois mon idole, aujourd'hui mon effroi :
Cette ombre était la sienne, elle avançait vers moi.
« Te voilà donc ! lui dis-je, on m'a désespérée :
« Mon âme était si tendre ! elle s'est égarée.
« On t'a nommé trompeur, et je t'ai cru trompeur,
« Tu ne les démens pas ! tu ris... Parle, j'ai peur.
« Tous ont fui, tous vont voir je ne sais quelle fête ;
« Moi je mourais... mais parle, et mon âme s'arrête. »

L'ombre alors me repousse et m'entraîne à la fois.
Oubliant ma faiblesse et ma fièvre brûlante,
Partout pour la saisir j'étends ma main tremblante :
Tout est lui, tout m'appelle, et tout a pris sa voix.
J'ai couru, j'ai suivi des sentiers que j'ignore ;
Demi-nue, insensible au souffle de l'hiver,
J'obéissais, mourante, à ce guide si cher :
Il ne m'appelait plus, j'obéissais encore.
La pluie à longs torrents inondait le chemin ;
Le vent soufflait : « Demain ! n'attends pas à demain ! »
Et je tombe à sa porte, et presque évanouie,
Par l'éclat des flambeaux, je m'arrête éblouie.
Des danses, des parfums, des voix, des chants d'amour,
    Remplissaient ce séjour.
Au milieu de l'encens qui formait un nuage,
J'ai vu d'un groupe heureux se balancer l'image ;
La plus belle au plus tendre abandonnait sa main.
C'était... l'ai-je rêvé ? c'était cet inhumain,
Comblé de tous les dons que l'amour nous envoie,
Plus qu'elle encor paré d'espérance et de joie !
Un prestige cruel m'attachait sur le seuil.
    Sous mon voile de deuil,
J'ai murmuré comme eux le chant de l'hyménée ;
Mais il était plus triste à mon âme étonnée
Que le cri de l'oiseau qu'on entend soupirer,
Quand, blessé, sur la rive il est près d'expirer.

Dans l'ombre où m'enchaînait ma douleur curieuse,
    Froide et silencieuse,
J'ai contemplé longtemps ma mort dans leur bonheur ;
Mais les flambeaux éteints m'en ont caché l'horreur !

J'ai dormi, je m'éveille, et ma fièvre est calmée.
Sommeil, affreux miroir !... Je reprends mon bandeau.

Voici l'aurore enfin ! lentement ranimée,
Je vais d'un jour encore essayer le fardeau.

LA FLEUR D'EAU

Fleur naine et bleue, et triste, où se cache un emblème,
Où l'absence a souvent respiré le mot : J'aime !
Où l'aile d'une fée a laissé ses couleurs,
Toi, qu'on devrait nommer le colibri des fleurs,
Traduis-moi : porte au loin ce que je n'ose écrire ;
Console un malheureux comme eût fait mon sourire :
Enlevée au ruisseau qui délasse mes pas,
Dis à mon cher absent qu'on ne l'oubliera pas !

Dis qu'à son cœur fermé je vois ce qui se passe ;
Dis qu'entre nos douleurs je ne sens pour espace
Que ton voile charmant d'amitié, que toujours
Je puise dans ma foi les vœux que tu lui portes,
Que je les lui dédie avec tes feuilles mortes,
Frêles et seuls parfums répandus sur mes jours ;
Dis qu'à veiller pour lui mon âme se consume,
Qu'elle a froid, qu'elle attend qu'un regard la rallume !

Dis que je veux ainsi me pencher sous mes pleurs,
Ne trouver nulle joie au monde, au jour, aux fleurs,
Que la source d'amour est scellée en mon âme,
Que je sais bien quelle âme y répondrait encor
Dont je serais la vie, et qui serait ma flamme.
Il le sait bien aussi ; mais cette âme, elle dort...

Va donc comme un œil d'ange éveiller son courage;
Dis que je t'ai cueillie à la fin d'un orage,
Que je t'envoie à lui comme un baiser d'espoir,
Et que se joindre ainsi c'est presque se revoir !

CROYANCE

Souvent il m'apparut sous la forme d'un ange
    Dont les ailes s'ouvraient,
Remontant de la terre au ciel où rien ne change ;
Et j'ai vu s'abaisser, pleins d'une force étrange,
    Ses bras qui m'attiraient.

Je montais. Je sentais de ses plumes aimées
    L'attrayante chaleur ;
Nous nous parlions de l'âme et nos âmes charmées,
Comme le souffle uni de deux fleurs embaumées,
    N'étaient plus qu'une fleur.

Et je tremblerai moins pour sortir de la vie :
Il saura le chemin.
J'en serai, de bien près, devancée ou suivie ;
Puis, entre Dieu qui juge et ma crainte éblouie,
Il étendra sa main.

Ce nœud, tissé par nous dans un ardent mystère
Dont j'ai pris tout l'effroi,
Il dira que c'est lui, si la peur me fait taire ;
Et s'il brûla son vol aux flammes de la terre,
Je dirai que c'est moi !

Son souffle lissera mes ailes sans poussière
Pour les ouvrir à Dieu,
Et nous l'attendrirons de la même prière ;
Car, c'est l'éternité qu'il nous faut tout entière
On n'y dit plus : « Adieu ! »

AVANT TOI

Comme le rossignol qui meurt de mélodie
Souffle sur son enfant sa tendre maladie,
Morte d'aimer, ma mère, à son regard d'adieu,
Me raconta son âme et me souffla son Dieu.

Triste de me quitter, cette mère charmante,
Me léguant à regret la flamme qui tourmente,
Jeune, à son jeune enfant tendit longtemps sa main.
Comme pour le sauver par le même chemin. .
Et je restai longtemps, longtemps, sans la comprendre,
Et longtemps à pleurer son secret sans l'apprendre,
A pleurer de sa mort le mystère inconnu,
Le portant tout scellé dans mon cœur ingénu,
Ce cœur signé d'amour comme sa tendre proie,
Où pas un chant mortel n'éveillait une joie.
On eût dit, à sentir ses faibles battements,
Une montre cachée où s'arrêtait le temps ;
On eût dit qu'à plaisir il se retint de vivre.
Comme un enfant dormeur qui n'ouvre pas son livre,
Je ne voulais rien lire à mon sort, j'attendais ;
Et tous les jours levés sur moi, je les perdais.
Par ma ceinture noire à la terre arrêtée,
Ma mère était partie et tout m'avait quittée ;
Le monde était trop grand, trop défait, trop désert,
Une voix seule éteinte en changeait le concert :
Je voulais me sauver de ses dures contraintes,
J'avais peur de ses lois, de ses morts, de ses craintes,
Et ne sachant où fuir ses échos durs et froids,
Je me prenais tout haut à chanter mes effrois !

Mais quand tu dis : « Je viens » ! quelle cloche de fête
Fit bondir le sommeil attardé sur ma tête ;
Quelle rapide étreinte attacha notre sort,
Pour entr'aider nos jours d'un fraternel essor !
Ma vie, elle avait froid, s'alluma dans la tienne,
Et ma vie a brillé, comme on voit au soleil
Se dresser une fleur sans que rien la soutienne,
Rien qu'un baiser de l'air, rien qu'un rayon vermeil...

Aussi, dès qu'en entier ton âme m'eut saisie,
Tu fus ma piété ! mon ciel ! ma poésie !
Aussi, sans te parler, je te nomme souvent
Mon frère devant Dieu ! mon âme ! ou mon enfant !
Tu ne sauras jamais, comme je sais moi-même,
A quelle profondeur je t'atteins et je t'aime !
Tu serais par la mort arraché de mes vœux,
Que pour te ressaisir mon âme aurait des yeux,
Des lueurs, des accents, des larmes, des prières,
Qui forceraient la mort à rouvrir tes paupières !
Je sais de quels frissons ta mère a dû frémir
Sur tes sommeils d'enfant : moi, je t'ai vu dormir...

Toi, ne sois pas jaloux ! Quand tu me vois penchée,
Quand tu me vois me taire, et te craindre et souffrir,
C'est que l'amour m'accable. Oh ! si j'en dois mourir,
Attends : je veux savoir si, quand tu m'as cherchée,
Tu t'es dit : « Voici l'âme où j'attache mon sort
Et que j'épouserai dans la vie ou la mort. »
Oh ! je veux le savoir. Oh ! l'as-tu dit ?... Pardonne !
On est étrange, on veut échanger ce qu'on donne.
Ainsi, pour m'acquitter de ton regard à toi,
Je voudrais être un monde et te dire : « Prends-moi ! »
Née avant toi... Douleur ! tu le verrais peut-être,
Si je vivais trop tard. Ne le fais point paraître.
Ne dis pas que l'Amour sait compter, trompe-moi :
Je m'en ressouviendrai pour mourir avant toi !

AVEU D'UNE FEMME

Savez-vous pourquoi, madame,
Je refusais de vous voir ?
J'aime ! et je sens qu'une femme
Des femmes craint le pouvoir.
Le vôtre est tout dans vos charmes,
Qu'il faut, par force, adorer.
L'inquiétude a des larmes :
Je ne voulais pas pleurer,

Quelque part que je me trouve,
Mon seul ami va venir ;
Je vis de ce qu'il éprouve,
J'en fais tout mon avenir.
Se souvient-on d'humbles flammes
Quand on voit vos yeux brûler ?
Ils font trembler bien des âmes :
Je ne voulais pas trembler.

Dans cette foule asservie,
Dont vous respirez l'encens,
Où j'aurais senti ma vie
S'en aller à vos accents,

Celui qui me rend peureuse.
Moins tendre, sans repentir,
M'eût dit : « N'es-tu plus heureuse ? »
Je ne voulais pas mentir.

Dans l'éclat de vos conquêtes
Si votre cœur s'est donné,
Triste et fier au sein des fêtes,
N'a-t-il jamais frissonné ?
La plus tendre, ou la plus belle,
Aiment-elles sans souffrir ?
On meurt pour un infidèle :
Je ne voulais pas mourir.

JE L'AI PROMIS

Tu me reprends ton amitié :
Je n'ai donc plus rien dans le monde,
Rien que ma tristesse profonde.
N'en souffris-tu que la moitié,
Toi, dans ta mobile amitié,
Va ! je plaindrai ta vie amère.
Que Dieu pour l'amour de sa mère,
Ou pour moi, te prenne en pitié !

On ne commande pas l'amour :
Il n'obéit pas, il se donne ;
Voilà pourquoi je te pardonne :
Mais tu m'as tant aimée un jour
Que j'en demeurai tout amour.
Pour une autre as-tu fait de même ?
Aime donc longtemps, si l'on t'aime :
C'est mortel quand ce n'est qu'un jour.

Et ma part de bonheur promis,
Comme aux plus humbles de la terre,
Bonheur qu'avec un saint mystère
Entre tes mains j'avais remis,
Dans l'abandon d'un cœur soumis ;
Si j'en résigne le partage,
C'est pour t'en laisser davantage :
Rien pour moi, rien ! Je l'ai promis.

A PAULINE DUCHAMBGE

En ce temps-là je montais dans ta chambre
Causer une heure, et pleurer, et chanter ;
Car nous chantions pour étourdir décembre,
Et puis nos pleurs coulaient de nous quitter.

Je te cherchais, comme par la campagne
Quelque hirondelle, échappée aux autans,
Monte rapide au toit d'une compagne
Lui raconter ses secrets palpitans,

Tout ce qui tient dans un sort d'hirondelle :
L'orage en haut, la moisson sans chaleur,
Un nid qui tombe, un message infidèle,
Un rendez-vous brisé par l'oiseleur.

Nous disions tout, l'une à l'autre sincère,
Larme pour larme et le cœur dans le cœur
Si le bonheur est de croire, ô ma chère,
Qu'un toit si simple abrita de bonheur !

Et d'où venaient nos plaintes racontées,
Nos chants furtifs entravés de longs pleurs,
Nos peurs d'enfants gravement écoutées ?
C'est que notre âge avait toutes ses fleurs !

Qui regardait sous mon aile blessée
Le dard... celui qui me fait mal encor ?
Qui doucement essuyait ma pensée
Du rêve amer qui fait aimer la mort ?

Comme aujourd'hui, c'était toi, mon autre âme.
Lueur vivante éclairant mon chemin,
Ange gardien sous ton voile de femme
A qui Dieu dit : « Tenez-la par la main ! »

O jours d'hier ! ô jeunesse envolée
Avant notre âme, autre oiseau gémissant,
Ouvrant à Dieu son aile d'exilée
Rougie au plomb qu'on lui tire en passant !

Posée à peine aux lieux où sonne l'heure,
Sais-tu quel seuil mon pied triste a tenté ?
Tout seuil de Christ où chaque âme qui pleure,
A droit d'asile et d'hospitalité.

Le front baigné de soleil ou de bise,
Sans droit ni place au banquet étranger,
Je me sauvais dans les bras d'une église,
Seuls bras ouverts au malheur passager.

J'allais suspendre une heure à ces vieux dômes
Où Dieu s'enferme et dit à tous : « entrez ! »
Où le plain-chant des sonores fantômes
Crie en tous temps : « Frères, quand vous voudrez ! »

J'allais verser nos humbles harmonies
Sur le sommeil étouffé des prisons,
Berçant, calmant les âcres insomnies,
Avec l'amour qui bat dans tes chansons.

J'étais, je suis la voyageuse encore,
Lasse d'absence et de tous les séjours,
Que de ta chambre indigente et sonore
L'écho tourmente et rappelle toujours.

Mon sort lancé vers l'étoile inconnue
Serrait sa chaîne à chaque mouvement
Mes yeux rêveurs et mouillés sous la nue
A ton rideau retournaient tristement.

Charme aimanté ! lampe qui se consume !
Cœur oppressé de chants mélodieux !
Oh ! sous ta cendre où l'ange se rallume,
M'attendras-tu pour nous enfuir aux cieux ?

J'irai te prendre, attends ! pauvre et chérie,
Dernier reflet de mon lointain doré,
Replie encor ton aile endolorie :
Toi, si tu meurs, je crois que je mourrai !

J'AVAIS FROID

Je l'ai rêvé ! c'eût été beau
De s'appeler ta bien-aimée,
D'entrer sous ton aile enflammée,
Où l'on monte par le tombeau.
Il résume une vie entière,
Ce rêve lu dans un regard :
Je sais pourtant que ta paupière
En troubla mes jours par hasard.

Non, tu ne cherchais pas mes yeux
Quand tu leur appris la tendresse.
Ton cœur s'essayait sans ivresse,
Il avait froid, sevré des cieux.
Seule aussi dans ma paix profonde,
Vois-tu ! j'avais froid comme toi,
Et ta vie, en s'ouvrant au monde,
Laissa tomber du feu sur moi.

Je t'aime comme un pauvre enfant
Soumis au ciel quand le ciel change ;
Je veux ce que tu veux, mon ange,
Je rends les fleurs qu'on me défend.
Couvre de larmes et de cendre
Tout le ciel de mon avenir :
Tu m'élevas, fais-moi descendre.
Dieu n'ôte pas le souvenir !

ÉLÉGIE

Je m'ignorais encor, je n'avais pas aimé.
L'amour ! si ce n'est toi, qui pouvait me l'apprendre ?
A quinze ans, j'entrevis un enfant désarmé ;
Il me parut plus folâtre que tendre :
D'un trait sans force il effleura mon cœur ;
Il fut léger comme un riant mensonge ;
Il offrait le plaisir, sans parler de bonheur ;
Il s'envola. Je ne perdis qu'un songe.

Je l'ai vu dans tes yeux cet invincible amour,
Dont le premier regard trouble, saisit, enflamme,
Qui commande à nos sens, qui s'attache à notre âme
Et qui l'asservit sans retour.

Cette félicité suprême,
Cet entier oubli de soi-même,
Ce besoin d'aimer pour aimer,
Et que le mot amour semble à peine exprimer,

Ton cœur seul le renferme, et le mien le devine
Je sens à tes transports, à ma fidélité,
Qu'il veut dire à la fois, bonheur, éternité,
Et que sa puissance est divine.

LES LETTRES

Hélas ! que voulez-vous de moi,
Lettres d'amour, plaintes mystérieuses,
Vous dont j'ai repoussé longtemps avec effroi
Les prières silencieuses ?
Vous m'appelez... Je rêve, et je cherche, en tremblant
Sur mon cœur une clef qui jamais ne s'égare :
D'un éclair l'intervalle à présent nous sépare,
Mais cet intervalle est brûlant !

Je n'ose respirer ! Triste sans amertume,
Au passé, malgré moi, je me sens réunir :
Las d'oppresser mon sein, l'ennui qui me consume
Va m'attendre dans l'avenir.

Je cède ! prends sa place, ô délirante joie !
Laisse fuir la douleur, cache-moi l'horizon :
Elle t'abandonne sa proie,
Je t'abandonne ma raison !

Oui, du bonheur vers moi l'ombre se précipite :
De ce pupitre ouvert l'Amour s'échappe encor.
Où va mon âme ?... Elle me quitte !
Plus prompte que ma vue, elle atteint son trésor
Il est là !... toujours là, sous vos feuilles chéries,
Frêles garants d'une éternelle ardeur !
Unique enchantement des tristes rêveries
Où m'égare mon cœur !

De sa pensée, échos fidèles,
De ses vœux, discrets monuments,
L'Amour, qui l'inspirait, a dépouillé ses ailes
Pour tracer vos tendres serments.
Soulagement d'un cœur, et délices de l'autre,
Ingénieux langage et muet entretien,
L'empire de l'absence est détruit par le vôtre ;
Je vous lis, mon regard est fixé sur le sien !
Ne renfermez-vous pas la promesse adorée
Qu'il n'aimera que moi... qu'il aimera toujours ?...
Cette fleur qu'il a respirée,
Ce ruban qu'il porta deux jours
Comme la volupté que j'ai connue à peine,
La fleur exhale encore un parfum ravissant ;
N'est-ce pas sa brûlante haleine ?
N'est-ce pas de son âme un souffle caressant ?
Du ruban qu'il m'offrit que la couleur est belle
Le ciel n'a pas un bleu plus pur :

Non, des cieux le voile d'azur
Ne me charmerait pas comme elle !

Qu'ai-je lu ?... Le voilà son éternel adieu !
Je touchais au bonheur, il m'en a repoussée.
En appelant l'espoir, ma langue s'est glacée,
Et ma froide compagne est rentrée en ce lieu !
O constante douleur ! sombre comme la haine,
Vous voilà de retour !
Prenez votre victime, et rendez-lui sa chaîne ;
Moi, je vous rends un cœur encor tremblant d'amour !

L'ISOLEMENT

Quoi ! ce n'est plus pour lui, ce n'est plus pour l'attendre
Que je vois arriver ces jours longs et brûlants ?
Ce n'est plus son amour que je cherche à pas lents ?
Ce n'est plus cette voix si puissante, si tendre,
Qui m'implore dans l'ombre, ou que je crois entendre ?
Ce n'est plus rien ? Où donc est tout ce que j'aimais ?
Que le monde est désert ! N'y laissa-t-il personne ?
Le temps s'arrête et dort ; jamais l'heure ne sonne.
Toujours vivre, toujours ! On ne meurt donc jamais !
Est-ce l'éternité qui pèse sur mon âme ?
Interminable nuit, que tu couvres de flamme !

Comme l'oiseau du soir qu'on n'entend plus gémir,
Auprès des feux éteints que ne puis-je dormir !
Car ce n'est plus pour lui qu'en silence éveillée,
La muse qui me plaint, assise sur des fleurs,
M'attire dans les bois, sous l'humide feuillée,
Et répand sur mes vers des parfums et des pleurs.
Il ne lit plus mes chants, il croit mon âme éteinte.
Jamais son cœur guéri n'a soupçonné ma plainte ;
Il n'a pas deviné ce qu'il m'a fait souffrir.
Qu'importe qu'il l'apprenne ! il ne peut me guérir.
J'épargne à son orgueil la volupté cruelle
De juger dans mes pleurs l'excès de mon amour.
Que devrais-je à mes cris ? Sa frayeur ? Son retour ?
Sa pitié ?... C'est la mort que je veux avant elle !
Tout est détruit : lui-même, il n'est plus le bonheur :
Il brisa son image en déchirant mon cœur.
Me rapporterait-il ma douce imprévoyance
Et le prisme charmant de l'inexpérience ?
L'amour en s'envolant ne me l'a pas rendu :
Ce qu'on donne à l'amour est à jamais perdu.

L'ATTENTE

Il m'aima. C'est alors que sa voix adorée
M'éveilla tout entière, et m'annonça l'amour.
Comme la vigne aimante en secret attirée
Par l'ormeau caressant, qu'elle embrasse à son tour,
Je l'aimai ! D'un sourire il obtenait mon âme.
Que ses yeux étaient doux ! que j'y lisais d'aveux !
Quand il brûlait mon cœur d'une si tendre flamme,
Comment, sans me parler, me disait-il : « Je veux ! »
Oh ! toi qui m'enchantais, savais-tu ton empire ?
L'éprouvais-tu ce mal, ce bien dont je soupire ?
Je le crois : tu parlais comme on parle en aimant,
Quand ta bouche m'apprit je ne sais quel serment.
Qu'importent les serments ? Je n'étais plus moi-même,
J'étais toi. J'écoutais, j'imitais ce que j'aime ;
Mes lèvres, loin de toi, retenaient tes accents,
Et ta voix dans ma voix troublait encor mes sens.
Je ne l'imite plus ; je me tais, et les larmes
De tous mes biens perdus ont expié les charmes.
Attends-moi, m'as-tu dit. J'attends j'attends toujours
L'été, j'attends de toi la grâce des beaux jours ;
L'hiver aussi, j'attends ! Fixée à ma fenêtre,
Sur le chemin désert je crois te reconnaître ;
Mais les sentiers rompus ont effrayé tes pas :
Quand ton cœur me cherchait, tu ne les voyais pas !

Ainsi le temps prolonge et nourrit ma souffrance :
Hier, c'est le regret ; demain, c'est l'espérance ;
Chaque désir trahi me rend à la douleur,
Et jamais, jamais au bonheur !
Le soir, à l'horizon, où s'égare ma vue,
Tu m'apparais encore, et j'attends malgré moi.
La nuit tombe... ce n'est plus toi ;
Non ! c'est le songe qui me tue.
Il me tue, et je l'aime ! et je veux en gémir !
Mais sur ton cœur jamais ne pourrai-je dormir
De ce sommeil profond qui rafraîchit la vie ?
Le repos sur ton cœur ! c'est le ciel que j'envie,
Et le ciel irrité met l'absence entre nous.
Ceux qui le font parler me l'ont dit à moi-même :
Il ne veut pas qu'on aime !
Mon Dieu, je n'ose plus aimer qu'à vos genoux !

Qu'ai-je dit ? Notre amour, c'est le ciel sur la terre.
Il fut, j'en crois mon cœur effrayé d'un remord,
Comme la vie, involontaire.
Inévitable, hélas ! comme la mort.
J'ai goûté cet amour ; j'en pleure les délices.
Cher amant ! quand mon sein palpita sous ton sein,
Nos deux âmes étaient complices,
Et tu gardas la mienne, heureuse du larcin.
Oh ! ne me la rends plus ! Que cette âme enchaînée
Triste et passionnée,
Heureuse de se perdre et d'errer après toi,
Te cherche, te rappelle et t'entraîne vers moi !

———

ÉLÉGIE

Dusses-tu me punir de rompre la première
Le serment imprudent qui fit pleurer l'Amour ;
Dusses-tu repousser l'invincible retour
Qui ramène vers toi mon âme tout entière ;
Cette raison cruelle, où se cache l'orgueil,
M'a déjà coûté tant de larmes !
Va ! la souffrance est un écueil
Où viennent se briser ses armes.

Et toi, le tiendras-tu ce funeste serment ?
L'avons-nous prononcé ?... je m'en souviens à peine ;
Ce n'est pas nous ! Sais-tu qui fit notre tourment ?
C'est l'orgueil : il sépare, il ressemble à la haine.
Lequel aurait pu dire adieu sans quelques pleurs ?
Hélas ! lorsque entraînés vers les mêmes rivages,
Deux ruisseaux sont unis, forcent-ils les orages
A diviser leurs flots parés des mêmes fleurs ?
Si quelque main, contraire à leur pente chérie,
Forçait l'un à couler vers un autre séjour,
La plus faible moitié serait bientôt tarie,
Et l'autre, en murmurant, sécherait à son tour.
Leurs limpides destins furent notre partage :
J'y revois nos amours comme au fond d'un miroir :
Où sont tes yeux, ma vie !... ah ! quand je peux les voir,
Ils m'en disent bien davantage !

LE BILLET

Je sais lire, ô bonheur ! ô clarté ! je sais lire
O paroles sans bruit qui consolent l'amour !
Sous mes regards émus cette lettre soupire,
Et jusque dans moi-même elle éveille le jour !

Dans ces mots retrouvés ta voix est répandue,
Cher absent, dont le cœur palpite devant moi :
Oui, la feuille qui vole en silence attendue
C'est ton cœur qui me cherche ; il parle comme toi !

Je lis, j'entends le ciel ; car le ciel c'est toi-même !
Ainsi, lorsque la crainte enchaînait nos deux voix,
Tes lèvres, sans parler, me disaient : « Que je t'aime ! »
Et ma bouche muette ajoutait : « Je te crois. »

LA VALLÉE

Non ! je ne verrai plus de si belle vallée
Que celle où sur tes pas je descendis un jour,
Où l'eau, parmi les fleurs lentement écoulée,
Trouve une eau qui la cherche et s'y joint sans retour.
J'étais bien ! tout parlait à mon âme ravie.
Ah ! les derniers rayons du jour et de la vie
Répandront sur mes yeux leur mourante langueur
Avant que ce tableau s'efface de mon cœur.

Et pourtant ce n'est pas cette belle verdure,
Ces ruisseaux murmurants sous les jeunes roseaux,
Ni cette ombre des bois, cette ombre où la nature
Mêlait son harmonie au doux chant des oiseaux ;
Non ! ce n'est pas du ciel la lumière enchantée,
Ni l'onde éblouissante, où ma vue arrêtée
Ne pouvait soutenir l'éclat d'un sable d'or,
Qui fait en y rêvant que je tressaille encor :

C'était toi, mon amour, mon avenir, mon âme !
C'était toi qui m'aimais, toi qui semblais heureux !
C'était ton regard pur qui répandait sa flamme
Sur notre plus beau jour réfléchi dans tes yeux.
Le veux-tu ? retournons sous ces paisibles ombres,
Loin d'un monde orageux, loin de nos cités sombres ;
Viens ! cachés dans les fleurs, nos destins, nos amours
Comme les deux ruisseaux se confondront toujours !

RÉVÉLATION

Vois-tu ! d'un cœur de femme il faut avoir pitié ;
Quelque chose d'enfant s'y mêle à tous les âges ;
Quand elles diraient non, je dis oui. Les plus sages
Ne peuvent sans transport se prendre d'amitié :
Juge d'amour ! Ce mot nous rappelle nos mères ;
Le berceau balancé dans leurs douces prières ;
L'ange gardien qui veille et plane autour de nous,
Qu'une petite fille écoute à deux genoux ;
Dieu qui parle et se plaît dans une âme ingénue,
Que l'on a vu passer avec l'errante nue,
Dont on buvait l'haleine au fond des jeunes fleurs,
Qu'on regardait dans l'ombre et qui séchait nos pleurs
Et le pardon qui vint, un jour de pénitence,
Dans un baiser furtif redorer l'existence !

Ce suave lointain reparaît dans l'amour ;
Il redonne à nos yeux l'étonnement du jour ;
Sous ses deux ailes d'or qu'il abat sur notre âme,
Des prismes mal éteints il rallume la flamme ;
Tout s'illumine encor de lumière et d'encens ;
Et le rire d'alors roule avec nos accents !...

Parle-moi doucement ; sans voix, parle à mon âme ;
Le souffle appelle un souffle, et la flamme une flamme.

Entre deux cœurs charmés il faut peu de discours,
Comme à deux filets d'eau, peu de bruit dans leur cours.
Ils vont ! les vents d'été parfument leur voyage.
Altérés l'un de l'autre et contents de frémir,
Ce n'est que de bonheur qu'on les entend gémir.
Quand l'hiver les cimente et fixe leur image,
Ils dorment, suspendus sous le même pouvoir
Et si bien emmêlés qu'ils ne font qu'un miroir.

On a si peu de temps à s'aimer sur la terre !
Oh ! qu'il faut se hâter de dépenser son cœur !
Grondé par le remords, prends garde ! il est grondeur,
L'un des deux, mon amour, pleurera solitaire.
Parle-moi doucement, afin que dans la mort
Tu scelles nos adieux d'un baiser sans remord,
Et qu'en entrant aux cieux, toi calme, moi légère,
Nous soyons reconnus pour amants de la terre.
Que si l'ombre d'un mot t'accusait devant moi,
A Dieu, sans le tromper, je réponde pour toi :
« Il m'a beaucoup aimée ! Il a bu de mes larmes ;
Son âme a regardé dans toutes mes douleurs ;
Il a dit qu'avec moi l'exil aurait des charmes,
La prison du soleil, la vieillesse des fleurs ! »

Et Dieu nous unira d'éternité. Prends garde !
Fais-moi belle de joie ! et quand je te regarde,
Regarde-moi ; jamais ne rencontre ma main
Sans la presser. Cruel ! on peut mourir demain,
Songe donc ! Crains surtout qu'en moi-même enfermée,
Ne me souvenant plus que je fus trop aimée,
Je ne dise, pauvre âme oublieuse des cieux,
Pleurant sous mes deux mains et me cachant les yeux

« Dans tous mes souvenirs, je sens couler mes larmes
Tout ce qui fit ma joie enfermait mes douleurs ;
Mes jeunes amitiés sont empreintes des charmes
Et des parfums mourants qui survivent aux fleurs. »

Je dis cela, jalouse, et je sens ma pensée
Sortir en cris plaintifs de mon âme oppressée.
Quand tu ne réponds pas, j'ai honte à tant d'amour,
Je gronde mes sanglots, je m'évite à mon tour,
Je m'en retourne à Dieu, je lui demande un père,
Je lui montre mon cœur gonflé de ta colère,
Je lui dis, ce qu'il sait, que je suis son enfant,
Que je veux espérer et qu'on me le défend !

Ne me le défends plus ! laisse brûler ma vie.
Si tu sais le doux mal où je suis asservie,
Oh ! ne me dis jamais qu'il faudra se guérir,
Qu'aimer use le cœur et que tout doit mourir !
Car tu me vois dans l'âme, approche, tu peux lire ;
Voilà notre secret : est-ce mal de le dire ?
Non, rien ne meurt. Pieux, d'amour ou d'amitié,
Vois-tu ! d'un cœur de femme il faut avoir pitié !

LA FONTAINE

Et moi je n'aime plus la fontaine d'eau vive
Dont la molle fraîcheur m'attirait vers le soir ;
Et, comme l'autre été, dormeuse, sur sa rive
Je ne vais plus m'asseoir.

Dans les saules émus passe-t-elle affaiblie ?
Je fuis vers le sentier qui ramène au hameau,
Sans oser regarder si du plus jeune ormeau
Elle baigne l'écorce et le nom que j'oublie !
Que son cristal mouvant épure les zéphyrs,
Que la fleur soit contente en s'y voyant éclore,
Qu'un front riant s'admire en son eau qu'il colore,
L'eau ne roulera plus au bruit de mes soupirs.

Je l'aimais l'autre été, j'aimais tout ! Simple et tendre
Je croyais tout sincère à l'égal de mon cœur :
Eh bien ! comme une voix que j'y venais entendre,
A présent tout me semble infidèle et moqueur.

Cette murmurante fontaine,
Appelant un secret qu'elle ne comprend pas,
Semblait me demander ma peine,
Et son charme égarait mes pas.

Elle est douce à l'oreille : oh ! c'est qu'elle est flatteuse
Une image nouvelle y glisse tous les jours.
Elle parle... elle est libre... hélas ! elle est heureuse ;
Mais libre, elle est ingrate et s'échappe toujours.

Et moi je n'aime plus la fontaine d'eau vive,
Dont la molle fraîcheur m'attirait vers le soir,
Et, comme l'autre été, rêveuse, sur sa rive
Je ne vais plus m'asseoir.

UNE JEUNE FILLE ET SA MÈRE

LA JEUNE FILLE

Ce jour si beau, ma mère, était-ce un jour de fête ?

LA MÈRE

Quel jour ? dors-tu ? d'où vient que tu n'achèves pas ?

LA JEUNE FILLE

C'est qu'en le rappelant, ma voix tremble et s'arrête ;
Je cesse d'en parler pour y penser tout bas...
Ce jour donnait des fleurs que je n'avais point vues ;
Mille parfums nouveaux sortaient des champs plus verts,
Et pour ces douceurs imprévues
Les oiseaux plus nombreux inventaient des concerts ;

Le soleil répandait comme une autre lumière,
Il embrasait le ciel, il brûlait ma paupière,
Il éclairait ma vie avec d'autres couleurs...

LA MÈRE

D'où vient qu'un si beau jour te fait verser des pleurs ?
D'où vient que de tes mains s'échappe ton ouvrage ?

LA JEUNE FILLE

Ma mère, je languis, je n'ai plus de courage.
Si vous saviez mon mal, vous pourriez le guérir :
Forcez-moi de parler, car j'ai peur de mourir.

LA MÈRE

Parle donc ! N'est-ce pas le jour de ta naissance ?
Car c'est la fête aussi du maternel séjour.

LA JEUNE FILLE

Non. Je plaignais alors ceux qu'afflige l'absence,
Et Daphnis, au hameau, n'était pas de retour.

LA MÈRE

Daphnis ! Que fait Daphnis à la nature entière ?
De son père à la ville il conduit les troupeaux ;
Il a déjà sans doute oublié sa chaumière.

LA JEUNE FILLE

Non ! ma mère. C'est lui qui fait les jours si beaux !

LA MÈRE

Je l'ai cru pour six mois absent de la contrée.

LA JEUNE FILLE

Je le craignais aussi, mais il m'a rencontrée.
Il arrivait tout seul, j'étais seule à mon tour...
Ma mère, quel bonheur ! Daphnis m'a dit bonjour.

LA MÈRE

Et toi ?

LA JEUNE FILLE

J'ai dit bonjour, car vous aimez son père.
Il a bien des vertus, n'est-il pas vrai, ma mère ?

LA MÈRE

Et son fils ?

LA JEUNE FILLE

On dirait que c'est son père enfant.
Ce bon vieillard se plaint de n'avoir point de fille :
C'est une fleur, dit-il, qui pare une famille.
Alors, il me regarde et m'embrasse souvent.

LA MÈRE

Et son fils ?

LA JEUNE FILLE

Il soutient que l'absence est cruelle...
Je le savais !... Il sait qu'on peut mourir par elle,
Qu'à chaque instant du jour il faut en soupirer,
Et qu'en chantant surtout on est près de pleurer.
« Dans mes ennuis, dit-il, j'ai fait une couronne ;
« Elle est fanée, hélas ! pourtant je te la donne. »

Je l'ai sentie alors descendre sur mes yeux,
Et je n'y voyais plus ; mais sa voix est si tendre !
Et depuis si longtemps je n'avais pu l'entendre !
Et quand on n'y voit plus ma mère, on entend mieux.

LA MÈRE

Qu'a-t-il donc ajouté ?

LA JEUNE FILLE

Que son cœur lui conseille
De quitter un vain bruit pour le calme des champs,
Pour nos danses du soir, nos fêtes, nos doux chants,
Pour retrouver ma voix qui manque à son oreille ;
Que son père le plaint et le fait revenir :
« Mais, a-t-il dit plus bas, que vais-je devenir ?
« Mon père te connaît, il sait donc que je t'aime,
« Et moi je ne sais pas si tu penses de même ? »
Je n'ai pu le lui dire avant de vous parler,
Ma mère, et j'ai senti qu'il fallait m'en aller.

LA MÈRE

Tu l'as quitté ?

LA JEUNE FILLE

J'étais tremblante,
Je ne pouvais courir. Une joie accablante
Me retenait toujours, toujours je m'arrêtais.

LA MÈRE

Et que répondais-tu ?

LA JEUNE FILLE

Ma mère, j'écoutais.
Depuis, pour vous parler, je reste à la chaumière.
Daphnis en vain m'attend, je pleure en vain tout bas;
Je ne puis parler la première,
Et vous ne me devinez pas !
Je tremble auprès de lui, je tremble ici de même :
Nos tourments ne sont pas finis !
Jamais je n'oserai vous dire que je l'aime...

LA MÈRE

Eh bien ! je te permets de le dire à Daphnis.

SERAIS-TU SEUL ?

Oh ! si j'avais de grandes ailes,
Que je traverserais de lieux !
J'irais, sous mes plumes fidèles,
Dans leurs pleurs essuyer tes yeux ;
Je m'abattrais sur ta fenêtre,
Ou près de ton cœur endormi ;
Toi, quand tu me verrais paraître,
T'enfuirais-tu, mon seul ami ?

Non ! Tu subirais le prodige
Qui rouvrirait les cieux pour nous ;
Et, comme une fleur sur sa tige,
Je tremblerais sur tes genoux ;
Puis, craintive comme une femme,
Si je t'entraînais à demi,
Pour ne plus déchirer notre âme
Me suivrais-tu, mon seul ami ?

A minuit la lune rayonne,
Et ma trace aurait un flambeau ;
Vers tes pas, dont mon cœur frissonne,
Dieu ! que le chemin serait beau !
Sous nos fleurs où, pleine de larmes,
Ta voix dans ma voix a gémi,
Comme au temps dont j'ai fait les charmes:
Serais-tu seul, mon seul ami ?

Mais le jour luit, mon rêve tombe.
Au soleil les rêves ont peur ;
Et les ailes de ma colombe
Vont seules te porter mon cœur.
Elle a respiré l'air où j'aime ;
Dans mes bras son vol a frémi :
Triste, comme un peu de moi-même,
Caresse-la, mon seul ami !

LA SÉPARATION

Il est fini ce long supplice !
Je t'ai rendu tes serments et ta foi,
Je n'ai plus rien à toi.
Quel douloureux effort ! quel entier sacrifice !
Mais, en brisant les plus aimables nœuds,
Nos cœurs toujours unis semblent toujours s'entendre
On ne saura jamais lequel fut le plus tendre,
Ou le plus malheureux.

A t'oublier c'est l'honneur qui m'engage,
Tu t'y soumets, je n'ai plus d'autre loi.
O toi qui m'as donné l'exemple du courage,
Aimais-tu moins que moi ?
Va ! je te plains autant que je t'adore ;
Je t'ai permis de trahir tes amours,
Mais moi, pour t'adorer, je serai libre encore :
Je veux l'être toujours.

Adieu !... mon âme se déchire !
Ce mot que, dans mes pleurs, je n'ai pu prononcer,
Adieu ! ma bouche encor n'oserait te le dire,
Et ma main vient de le tracer.

L'INQUIÉTUDE

Qu'est-ce donc qui me trouble ? et qu'est-ce que j'attends ?
Je suis triste à la ville, et m'ennuie au village ;
Le plaisirs de mon âge
Ne peuvent me sauver de la longueur du temps.

Autrefois, l'amitié, les charmes de l'étude
Remplissaient sans effort mes paisibles loisirs.
Oh ! quel est donc l'objet de mes vagues désirs ?
Je l'ignore et le cherche avec inquiétude.
Si pour moi le bonheur n'était pas la gaîté,
Je ne le trouve plus dans ma mélancolie ;
Mais si je crains les pleurs autant que la folie,
Où trouver la félicité ?

Et vous qui me rendiez heureuse,
Avez-vous résolu de me fuir sans retour ?
Répondez, ma raison ! incertaine et trompeuse.
M'abandonnerez-vous au pouvoir de l'Amour ?...
Hélas ! voilà le nom que je tremblais d'entendre.
Mais l'effroi qu'il inspire est un effroi si doux !
Raison, vous n'avez plus de secret à m'apprendre,
Et ce nom, je le sens, m'en a dit plus que vous.

LE CONCERT

Quelle soirée ! O Dieu ! que j'ai souffert !
Dans un trouble charmant je suivais l'Espérance ;
Elle enchantait pour moi les apprêts du concert,
Et je devais y pleurer ton absence !

Dans la foule cent fois j'ai cru t'apercevoir ;
Mes vœux toujours trahis n'embrassaient que ton ombre
L'Amour me la laissait tout à coup entrevoir,
Pour l'entraîner bientôt vers le lieu le plus sombre !
Séduite par mon cœur toujours plus agité,
Je voyais dans le vague errer ta douce image,
Comme un astre chéri qu'enveloppe un nuage,
Par des rayons douteux perce l'obscurité...

Et toi ! que faisais-tu, mon idole chérie,
Quand ton absence éternisait le jour ?
Quand je donnais tout mon être à l'amour,
M'as-tu donné ta rêverie ?
As-tu gémi de la longueur du temps ?
D'un soir... d'un siècle écoulé pour attendre ?
Non ! Son poids douloureux accable le plus tendre ;
Seule, j'en ai compté les heures, les instants :
J'ai langui sans bonheur, de moi-même arrachée ;
Et toi, tu ne m'as point cherchée !

Mais quoi ! l'impatience a soulevé mon sein,
Et, lasse de rougir de ma tendre infortune,
Je me dérobe à ce bruyant essaim
Des papillons du soir, dont l'hommage importune.
L'heure, aujourd'hui si lente à s'écouler pour moi,
Ne marche pas encore avec plus de vitesse ;
Mais je suis seule au moins, seule avec ma tristesse,
Et je trace, en rêvant, cette lettre pour toi,
Pour toi, que j'espérais, que j'accuse, que j'aime !
Pour toi, mon seul désir, mon tourment, mon bonheur !
Mais je ne veux la livrer qu'à toi-même,
Et tu la liras sur mon cœur.

LE BILLET

Message inattendu, cache-toi sur mon cœur !
Cache-toi ! je n'ose te lire.
Tu m'apportes l'espoir ; ne fût-il qu'un délire,
Je te devrai du moins l'ombre de mon bonheur !
Prolonge dans mon sein ma tendre inquiétude ;
Je désire à la fois et crains la vérité :
On souffre de l'incertitude,
On meurt de la réalité !

Recevoir un billet du volage qu'on aime,
C'est presque le revoir lui-même.
En te pressant, déjà j'ai cru presser sa main ;
En te baignant de pleurs, j'ai pleuré sur son sein ;
Et, si le repentir y parle en traits de flamme,
En lisant cet écrit je lirai dans son âme,
J'entendrai le serment qu'il a fait tant de fois,
Et j'y reconnaîtrai jusqu'au son de sa voix.

Sous cette enveloppe fragile
L'amour a renfermé mon sort...
Ah ! le courage est difficile,
Quand on attend d'un mot ou la vie ou la mort.
Mystérieux cachet, qui m'offres sa devise,
En te brisant rassure-moi :
Non, le détour cruel d'une affreuse surprise
Ne peut être scellé par toi.

Au temps de nos amours je t'ai choisi moi-même ;
Tu servis les aveux d'une timide ardeur,
Et sous le plus touchant emblême
Je vais voir le bonheur.
Mais, si tu dois détruire un espoir que j'adore,
Amour, de ce billet détourne ton flambeau ;
Par pitié ! sur mes yeux attache ton bandeau,
Et laisse-moi douter quelques moments encore !

SON IMAGE

Elle avait fui de mon âme offensée ;
Bien loin de moi je crus l'avoir chassée.
Toute tremblante, un jour, elle arriva,
Sa douce image, et dans mon cœur rentra.
Point n'eus le temps de me mettre en colère,
Point ne savais ce qu'elle voulait faire ;
Un peu trop tard mon cœur le devina.

Sans prévenir, elle dit : « Me voilà !
« Ce cœur m'attend. Par l'Amour, que j'implore,
« Comme autrefois j'y viens régner encore. »
Au nom d'amour ma raison se troubla :
Je voulus fuir, et tout mon corps trembla ;
Je bégayai des plaintes au perfide.
Pour me toucher il prit un air timide,
Puis à mes pieds, en pleurant, il tomba.
J'oubliai tout dès que l'Amour pleura.

L'IMPRUDENCE

Comme une fleur à plaisir effeuillée
Pâlit, tombe et s'efface une brillante erreur.
Ivre de toi, je rêvais le bonheur :
Je rêvais, tu m'as éveillée.
Que ce réveil va me coûter de pleurs !
Dans le sein de l'Amour pourrai-je les répandre ?
Il m'enchaînait à toi par des liens de fleurs ;
Tu me forces à les lui rendre.
Un seul mot à nos yeux découvre l'avenir :
Un reproche souvent attriste l'espérance.
Hélas ! s'il faut rougir d'une tendre imprudence,
Toi qui la partageas, devais-tu m'en punir ?
Loin de moi va chercher un plus doux esclavage,
Va ! De tout mon bonheur j'ai payé ton bonheur.
Eh bien ! pour t'en venger, tu m'as rendu mon cœur,
Et tu me l'as rendu brûlant de ton image.
Je le reprends ce cœur blessé par toi !
Pardonne à mon imprévoyance :
Je lui dois ton indifférence ;
Que te faut-il encor pour te venger de moi ?

A L'AMOUR

Reprends de ce bouquet les trompeuses couleurs,
Ces lettres qui font mon supplice,
Ce portrait qui fut ton complice ;
Il te ressemble, il rit, tout baigné de mes pleurs.

Je te rends ce trésor funeste,
Ce froid témoin de mon affreux ennui.
Ton souvenir brûlant, que je déteste,
Sera bientôt froid comme lui.
Oh ! reprends tout. Si ma main tremble encore,
C'est que j'ai cru te voir sous ces traits que j'abhorre.
Oui, j'ai cru rencontrer le regard d'un trompeur ;
Ce fantôme a troublé mon courage timide.
Ciel ! on peut donc mourir à l'aspect d'un perfide,
Si son ombre fait tant de peur !

Comme ces feux errants dont le reflet égare,
La flamme de ses yeux a passé devant moi ;
Je rougis d'oublier qu'enfin tout nous sépare ;
Mais je n'en rougis que pour toi.
Que mes froids sentiments s'expriment avec peine !
Amour... que je te hais de m'apprendre la haine !
Eloigne-toi, reprends ces trompeuses couleurs,
Ces lettres, qui font mon supplice,
Ce portrait, qui fut ton complice ;
Il te ressemble, il rit, tout baigné de mes pleurs !

Cache au moins ma colère au cruel qui t'envoie,
Dis que j'ai tout brisé, sans larmes, sans efforts ;
En lui peignant mes douloureux transports,
Tu lui donnerais trop de joie.
Reprends aussi, reprends les écrits dangereux,
Où, cachant sous des fleurs son premier artifice,
Il voulut essayer sa cruauté novice
Sur un cœur simple et malheureux.
Quand tu voudras encore égarer l'innocence,
Quand tu voudras voir brûler et languir,
Quand tu voudras faire aimer et mourir,
N'emprunte pas d'autre éloquence.
L'art de séduire est là, comme il est dans son cœur
Va ! tu n'as plus besoin d'étude.
Sois léger par penchant, ingrat par habitude,
Donne la fièvre, Amour, et garde ta froideur.
Ne change rien aux aveux pleins de charmes
Dont la magie entraîne au désespoir :
Tu peux de chaque mot calculer le pouvoir,
Et choisir ceux encore imprégnés de mes larmes...
Il n'ose me répondre, il s'envole... il est loin.
Puisse-t-il d'un ingrat éterniser l'absence !
Il faudrait par fierté sourire en sa présence :
J'aime mieux souffrir sans témoin.
Il ne reviendra plus, il sait que je l'abhorre ;
Je l'ai dit à l'Amour, qui déjà s'est enfui.
S'il osait revenir, je le dirais encore :
Mais on approche, on parle... Hélas ! ce n'est pas lui

LES DEUX BERGÈRES

DORIS

Que fais-tu, pauvre Hélène, au bord de ce ruisseau ?

HÉLÈNE

Je regarde ma vie, en voyant couler l'eau.
Son cours languit, Doris ! il n'aime plus la rive ;
Dans nos champs qu'il arrose il roule quelque ennui.
Ecoute ! il porte au bois sa musique plaintive ;
Et je voudrais au bois me plaindre comme lui.

DORIS

De quoi te plaindrais-tu ?

HÉLÈNE

Je ne saurais le dire.
Ce ruisseau paraît calme, et pourtant il soupire.
On ne sait trop s'il fuit... s'il cherche... s'il attend...
Mais il est malheureux, puisque mon cœur l'entend.

DORIS

Tu rêves. Son cristal est pur, vif et limpide ;
On le dirait joyeux de caresser des fleurs.

HÉLÈNE

Pour moi, j'y reconnais une douleur timide :
Souvent dans un sourire on devine des pleurs.

Toi qui chantes toujours, tu ne peux le comprendre.
Ma voix n'a plus d'essor, et j'ai le temps d'apprendre
Qu'un chagrin se révèle en soupirant tout bas :
Si je pouvais chanter, je ne l'entendrais pas !

DORIS

S'il parle, il dit au bois que nous sommes jolies,
Que s'il a ralenti son cours précipité,
C'est qu'il croit voir en toi les grâces recueillies,
Et qu'il prend du plaisir à doubler ma beauté.
Voilà (je te dis tout) ce qu'un berger m'assure ;
Sa parole est sincère ; et, pour preuve, il le jure.

HÉLÈNE

Il le jure. Ah ! prends garde ! et si tu veux bien voir,
Doris, ne choisis pas un flatteur pour miroir.

DORIS

Si tu savais son nom, tu serais bien honteuse.

HÉLÈNE

Bergère, il est berger ; sa parole est douteuse.

DORIS

Il m'a dit qu'au rivage il tracerait un jour,
Pour l'orgueil du ruisseau, mon chiffre et son amour.

HÉLÈNE

L'Amour aime à tracer les serments sur le sable :
Un coup de vent répond de sa fidélité.
D'une plume légère il compose une fable ;
Ses flèches dans nos cœurs gravent la vérité.

DORIS

Oh ! les tristes leçons ! Du ruisseau qui les donne
Troublons les flots jaloux ; qu'ils n'affligent personne !

HÉLÈNE

Tu peux troubler ses flots, mais non pas les tarir.
Quand les jours sont moins purs, cessent-ils de courir ?
La pierre d'un long cercle a ridé sa surface ;
Elle tombe, l'eau roule, et le cercle s'efface.

DORIS

O ma chère compagne ! en est-il des beaux jours
Comme de ce tableau ?

HÉLÈNE

C'est celui des amours,

DORIS

Mais par une amoureuse et touchante aventure,
Lorsque tu le crois seul, errant et malheureux,
Il trouve un filet d'eau caché sous la verdure,
Et l'emporte gaiement dans son sein amoureux.

HÉLÈNE

Mais il arrive à peine au fond de la vallée.
Surpris par le torrent qui l'entraîne à son tour,
Il y jette à regret son onde désolée,
Et les ruisseaux unis s'y perdent sans retour.

DORIS

Eh bien ! je n'irai pas jusqu'au torrent, bergère,
Donner à leur destin d'inutiles soupirs ;
J'irai me regarder à la source légère
Qui se livre, naissante, au souffle des zéphyrs.

Sur ses rives de mousse et de roseaux parées,
Le soir, je conduirai mes brebis altérées.
Ainsi, dans l'eau, qui change au caprice des vents,
Tu verras tes ennuis, je verrai mes beaux ans.

HÉLÈNE

Oh ! n'abandonne pas nos tranquilles demeures !
Laisse y couler en paix tes innocentes heures ;
Ne donne ni tes pas ni tes vœux au hasard !
On se hâte, on s'arrête, on tremble... Il est trop tard
Evite le sentier trop voisin de son onde :
Il égare, il conduit loin, bien loin du hameau,
Dans une solitude isolée et profonde,
Où l'eau, comme des pleurs, coule auprès d'un tombeau
Un cœur tendre s'y cache au jour qu'il semble craindre
Il n'a que ce ruisseau pour l'entendre et le plaindre :
Peut-être qu'à lui seul il confie un regret...
Doris, ne va jamais surprendre son secret !

L'AMOUR

Vous demandez si l'Amour rend heureuse :
Il le promet, croyez-le, fût-ce un jour.
Ah ! pour un jour d'existence amoureuse
Qui ne mourrait ? la vie est dans l'Amour.

Si le sourire, éclair inattendu,
Brilla parfois au milieu de mes larmes,
C'était l'Amour ! c'était lui, mais sans armes ;
C'était le ciel qu'avec lui j'ai perdu.

Sans lui, le cœur est un foyer sans flamme.
Il brûle tout, ce doux empoisonneur.
J'ai dit bien vrai comme il déchire une âme :
Demandez-donc s'il donne le bonheur !

Vous le saurez : oui, quoi qu'il en puisse être,
De gré, de force, Amour sera le maître :
Et, dans sa fièvre alors lente à guérir,
Vous souffrirez, ou vous ferez souffrir.

Dès qu'on la vu, son absence est affreuse ;
Dès qu'il revient, on tremble nuit et jour ;
Souvent enfin la mort est dans l'Amour ;
Et cependant... oui, l'Amour rend heureuse !

AMOUR, DIVIN RODEUR

Amour, divin rôdeur, glissant entre les âmes,
Sans te voir de mes yeux, je reconnais tes flammes.
Inquiets des lueurs qui brûlent dans les airs,
Tous les regards errants sont pleins de tes éclairs...
C'est lui ! Sauve qui peut ! Voici venir les larmes !...
Ce n'est pas tout d'aimer : l'Amour porte des armes,
C'est le roi, c'est le maître, et pour le désarmer
Il faut plaire à l'Amour : ce n'est pas tout d'aimer !

L'ESPOIR

Je voudrais aimer autrement,
Hélas ! je voudrais être heureuse !
Pour moi l'Amour est un tourment,
La tendresse m'est douloureuse.
Ah ! que je voudrais être heureuse
Que je voudrais être autrement !

Vous dites que je changerai :
Comme vous je le crois possible,
Mon cœur ne sera plus sensible ;
Je l'espère, car je mourrai.
Oui ! si la mort peut l'impossible,
Vous dites vrai, je changerai !

L'ÉGLANTINE

Eglantine ! humble fleur, comme moi solitaire,
Ne crains pas que sur toi j'ose étendre ma main.
Sans en être attachée orne un moment la terre,
Et comme un doux rayon console mon chemin.

Quand les tièdes zéphirs s'endorment sous l'ombrage,
Quand le jour fatigué ferme ses yeux brûlants,
Quand l'ombre se répand et brunit le feuillage,
Par ton souffle, vers toi, guide mes pas tremblants.

Mais ton front, humecté par le froid crépuscule,
Se penche tristement pour éviter ses pleurs ;
Tes parfums sont enclos dans leur blanche cellule,
Et le soir a changé ta forme et tes couleurs.

Rose, console-toi ! Le jour qui va paraître,
Rouvrira ton calice à ses feux ranimé ;
Ta mourante auréole, il la fera renaître,
Et ton front reprendra son éclat embaumé.

Fleur au monde étrangère, ainsi que toi, dans l'ombre
Je me cache et je cède à l'abandon du jour ;
Mais un rayon d'espoir enchante ma nuit sombre :
Il vient de l'autre rive... et j'attends son retour.

LE DERNIER RENDEZ-VOUS

Mon seul amour ! embrasse-moi.
Si la Mort me veut avant toi,
Je bénis Dieu ; tu m'as aimée!
Ce doux hymen eut peu d'instants.
Tu vois ! les fleurs n'ont qu'un printemps,

Et la rose meurt embaumée.
Mais quand, sous tes pieds renfermée,
Tu viendras me parler tout bas,
Crains-tu que je n'entende pas ?

Je t'entendrai, mon seul amour !
Triste dans mon dernier séjour,
Si le courage t'abandonne ;
Et la nuit, sans te commander,
J'irai doucement te gronder,
Puis te dire : « Dieu nous pardonne ! »
Et, d'une voix que le ciel donne,
Je te peindrai les cieux tout bas :
Crains-tu de ne m'entendre pas ?

J'irai seule, en quittant tes yeux,
T'attendre à la porte des cieux,
Et prier pour ta délivrance.
Oh ! dussé-je y rester longtemps,
Je veux y couler mes instants
A t'adoucir quelque souffrance ;
Puis, un jour, avec l'Espérance,
Je viendrai délier tes pas :
Crains-tu que je ne vienne pas ?

Je viendrai, car tu dois mourir
Sans être las de me chérir ;
Et comme deux ramiers fidèles
Séparés par de sombres jours,
Pour monter où l'on vit toujours

Nous entrelacerons nos ailes !
Là, les heures sont éternelles :
Quand Dieu nous l'a promis tout bas,
Crois-tu que je n'écoutais pas ?

JAMAIS ADIEU

Ne t'en va pas, reste au rivage ;
L'Amour le veut, crois-en l'Amour.
La mort sépare tout un jour :
Tu fais comme elle ; ah ! quel courage.

Vivre et mourir au même lieu,
Dire : « Au revoir ! » jamais : « Adieu ! »

Quitter l'Amour pour l'opulence !
Que faire seul avec de l'or ?
Si tu reviens, vivrai-je encor ?
Entendras-tu dans mon silence ?

Vivre et mourir au même lieu.
Dire : « Au revoir ! » jamais : « Adieu ! »

Leur diras-tu : « Je suis fidèle ! »
Ils répondront : « Cris superflus,
Elle repose, et n'entend plus.
Le ciel du moins eut pitié d'elle ! »

Vivre et mourir au même lieu,
Dire : « Au revoir ! » jamais : « Adieu ! »

NE FUIS PAS ENCORE

Tu crois, s'il fait sombre,
Qu'on ne te voit pas,
Non plus qu'une autre ombre,
Glissant sur tes pas ?
Mais l'air est sonore,
Et ton pied bondit...
Ne fuis pas encore :
Je n'ai pas tout dit !

A qui ce gant rose
Qui n'est pas le mien ?
Quel parfum t'arrose,
Qui n'est plus le tien ?
Tu ris, mais prends garde
Ta lèvre pâlit...
Moi je te regarde :
Je n'ai pas tout dit !

Sur ton cœur cachées
Des fleurs vont mourir ;
Les as-tu cherchées
Pour me les offrir ?
Vois ! la lune éclaire
L'enclos interdit...
Paix à ta colère !
Je n'ai pas tout dit !

Sous la noble allée
Qui s'ouvre pour toi,
La pauvre voilée,
Ingrat ! c'était moi.
Sans cris, sans prière,
Sans voix qui maudit,
Je fuis la première.
Adieu ! j'ai tout dit!

TOI !

DE THOMAS MOORE

Du frais matin la brillante lumière,
L'ardent midi, l'adieu touchant du jour,
La nuit qui vient plus douce à ma paupière
Pâle et sans bruit rêver avec l'Amour,
Le temps jaloux qui trompe et qui dévore,
L'oiseau captif qui languit près de moi,
Tout ce qui passe, et qu'à peine je voi,
Me trouve seul... seul ! mais vivant encore
De toi !

Des arts aimés quand l'essaim m'environne,
L'ennui secret les corrompt et m'atteint.
En vain pour moi la fête se couronne :
La fête pleure et le rire s'éteint.

L'unique asile où tu me sois restée,
Le sanctuaire où partout je te voi,
Ah ! c'est mon âme en secret visitée
Par toi !

La gloire un jour a distrait mon jeune âge ;
En te cherchant j'ai perdu son chemin.
Comme à l'aimant je vais à ton image ;
L'ombre est si belle où m'attire ta main ;
Ainsi qu'aux flots les barques se balancent,
Mes ans légers ont glissé loin de moi ;
Mais à présent dans tout ce que je voi,
Mes yeux, mon cœur, mes vœux, mes pas s'élancent
Vers toi !

Je dis ton nom dans ma gaîté rendue,
Je dis ton nom quand je rapprends les pleurs ;
Dans le désert la colombe perdue
Ne sait qu'un chant pour bercer ses douleurs.
Egide chère à ma vie embrasée,
Le monde en vain jette ses maux sur moi :
Mon âme un jour sera calme ou brisée
Par toi !

LA FIDÈLE

Si j'étais la plus belle
Comme la plus fidèle,
Je le serais pour toi !
Si j'étais souveraine,
Le roi de cette reine,
Tu le serais par moi !

S'il te prenait l'envie
De demander ma vie
Pour te faire un beau jour,
Cette vie ignorée,
A l'Amour consacrée,
Tu l'aurais, mon amour !

Et si tu disais : « Donne
Beauté, vie et couronne,
Pour orner celle-là,
Cette seule que j'aime... »
A cet autre toi-même,
Je dirais : « Les voilà. »

Car s'il est doux de vivre
Pour s'attendre ou se suivre
Dans le même désir,
Pour une âme enflammée,
Vainement consumée,
Il est mieux de mourir.

ÉLÉGIE

Qui, toi, mon bien-aimé, t'attacher à mon sort,
Te parer d'une fleur que la tombe t'envie,
Lier tes jours de gloire à ma tremblante vie,
Et ton baiser d'amour au baiser de la mort !
Me suivre, toi si cher, aux rives enchantées.
Que pour jamais bientôt mes pas auront quittées !
Mes pas que tu soutiens, qui te cherchaient toujours,
Dont la trace légère effleura le rivage
Où tu m'avais montré des fleurs et de beaux jours,
Où je vais devant toi passer comme un nuage !
Oui, devant toi ma vie incline son flambeau,
De ses pâles rayons le dernier va s'éteindre.
Ces fleurs, ces belles fleurs, que je ne puis atteindre,
Tu les effeuilleras un soir sur mon tombeau.

La Mort m'a regardée et ta plainte adorable,
Ma jeunesse, tes vœux, rien ne doit l'attendrir.
Elle m'a regardée, et cette inexorable,
Quand j'écoutais ton chant, m'a dit : « Tu vas mourir... »
Conduis-moi près des flots. La nymphe qui soupire
Y rafraîchit l'air de sa voix :
Cet air doux et mortel que ma bouche respire,
Brûle moins à l'ombre des bois.

Vois dans l'eau, vois ce lis dont la tête abaissée
Semble se dérober au sourire des cieux :
Telle, craignant l'Amour et le cherchant des yeux,
J'essayais de te fuir, innocente et blessée.
Je demandais aux bois l'oubli de tes accents ;
Un vague, un triste écho m'en rappelait les charmes,
        Et dans les rameaux frémissants
Ton image venait s'attendrir à mes larmes.

Un jour, ce fut toi-même, un jour, à mes genoux
Je te vis sous le saule ami de mon jeune âge ;
Je ne m'y trouvai plus seule avec ton image,
Il nous cachait ensemble, il se penchait sur nous.
Trop tard, hélas ! trop tard ; et ta flamme timide
Enhardit vainement mes timides secrets.
Tu les connus trop tard, et ma fuite rapide
        T'abandonne à de longs regrets.

Oh ! que je crains pour toi l'aurore désolée
Qui ne pourra me rendre à tes vœux superflus,
Quand sa douce lueur, pour moi seule voilée,
        Ne m'éveillera plus !
Mais le ruisseau répond par un faible murmure
        Au souffle expirant des zéphyrs ;
La nymphe qui s'endort entraîne mes soupirs
        A la source déjà moins pure.

Demain... L'écho plus triste a dit aussi : Demain.
Adieu, ma jeune vie ! adieu, toi que j'adore !
Ne gémis pas. Ce soir, je serre encor ta main :
Ce soir, efforce-toi de me sourire encore.

LA SINCÈRE

Veux-tu l'acheter ?
Mon cœur est à vendre
Veux-tu l'acheter,
Sans nous disputer ?

Dieu l'a fait d'aimant,
Tu le feras tendre ;
Dieu l'a fait d'aimant
Pour un seul amant !

Moi, j'en fais le prix ;
Veux-tu le connaître ?
Moi, j'en fais le prix ;
N'en sois pas surpris.

Je n'ai trouvé rien à répondre ;
Dans sa voix qui sait me confondre
Le passé vient de retentir,
Et ma voix ne pouvait sortir.
J'ai senti mon âme se fondre ;
Tout près d'un nouveau repentir,
Je n'ai trouvé rien à répondre :
Non ! je n'ai pas osé mentir !

Dieu ! sera-t-il encor mon maître ?
Sa tristesse dit qu'il veut l'être ;
Sans cris, sans pleurs, sans vains débats,
Comme il veut ce qu'il veut tout bas !
Oui ! je viens de le reconnaître,
Rêveur, attaché sur mes pas.
Dieu ! sera-t-il encor mon maître ?
Mais, absent, ne l'était-il pas ?

DÉTACHEMENT

Il est des maux sans nom dont la morne amertume
Change en affreuses nuits les jours qu'elle consume.
Se plaindre est impossible ; on ne sait plus parler ;
Les pleurs même du cœur refusent de couler.
On ne se souvient pas, perdu dans le naufrage,
De quel astre inclément s'est échappé l'orage.
Qu'importe ? Le malheur s'est étendu partout :
Le passé n'est qu'une ombre, et l'attente un dégoût.

C'est quand on a perdu tout appui de soi-même,
C'est quand on n'aime plus, que plus rien ne nous aime,
C'est quand on sent mourir son regard attaché
Sur un bonheur lointain qu'on a longtemps cherché,
Créé pour nous, peut-être ? et qu'indigne d'atteindre,
On voit comme un rayon trembler, fuir... et s'éteindre.

AMOUR

Ce que j'ai dans le cœur, brûlant comme notre âge,
Si j'ose t'en parler, comment le définir ?
Est-ce un miroir ardent frappé de ton image ?
Un portrait palpitant né de ton souvenir ?

Vois ! je crois que c'est toi, même dans ton absence,
Dans le sommeil. Eh quoi ! peut-on veiller toujours ?
Ce bonheur accablant que donne ta présence
Trop vite épuiserait la flamme de mes jours.

Le même ange peut-être a regardé nos mères,
Peut-être une seule âme a formé deux enfants.
Oui, la moitié qui manque à tes jours éphémères,
Elle bat dans mon sein, où tes traits sont vivants !

Sous ce voile de feu j'emprisonne ta vie.
Là, je t'aime, innocente, et tu n'aimes que moi.
Ah ! si d'un tel repos l'existence est suivie,
Je voudrais mourir jeune, et mourir avec toi !

L'ATTENTE

Quand je ne te vois pas, le temps m'accable, et l'heure
A je ne sais quel poids impossible à porter ;
Je sens languir mon cœur, qui cherche à me quitter ;
Et ma tête se penche, et je souffre, et je pleure.

Quand ta voix saisissante atteint mon souvenir,
Je tressaille, j'écoute... et j'espère immobile ;
Et l'on dirait que Dieu touche un roseau débile ;
Et moi, tout moi répond : « Dieu ! faites-le venir ! »

Quand sur tes traits charmants j'arrête ma pensée,
Tous mes traits sont empreints de crainte et de bonheur
J'ai froid dans mes cheveux, ma vie est oppressée,
Et ton nom, tout à coup, s'échappe de mon cœur.

LE PRÉSAGE

Oui, je vais le revoir, je le sens, j'en suis sûre !
Mon front brûle et rougit, un charme est dans mes pleurs.
Je veux parler, j'écoute et j'attends... doux augure !
L'air est chargé d'espoir... il revient... je le jure,
Car le frisson qu'il donne a fait fuir mes couleurs.
Un songe en s'envolant l'a prédit. L'heure même
A pris une autre voix pour m'annoncer le jour ;
Et ce ramier dans l'air, ce présage que j'aime,
Me ferait-il trembler s'il venait sans l'Amour ?

De ce tribut toujours je payai sa présence.
L'Amour, dans sa pitié, me prépare au bonheur :
Je n'ai plus froid de son absence ;
Tient-il déjà mon cœur enfermé dans son cœur !

Et ce livre qui parle !... Ah ! ne sais-je plus lire ?
Tous les mots confondus disent ensemble : « Il vient ! »
Comme un enfant, je pleure et je me sens sourire :
C'est ainsi qu'on espère, Amour, il m'en souvient !

Mais prends garde à ma vie, un instant fais-moi grâce
La lumière est trop vive en sortant de la nuit ;
Laisse-moi rêver sur sa trace ;
Arrête le temps et le bruit.

Saule ému, taisez-vous ! Ruisseau, daignez vous taire !
Ecoutez, calmez-vous, il ne tardera pas ;
J'ai senti palpiter la terre,
Comme au temps où mes pas me portaient sur ses pas.

Me voici sur la route, et j'ai fui la fenêtre ;
Trop de fleurs l'ombrageaient... Quoi ! c'est encor l'été !
Quoi ! les champs sont en fleurs ? Le monde est habité !
Hier, c'est donc lui seul qui manquait à mon être ?
Hier, pas un rayon n'éclairait mon ennui :
Dieu !... l'été, la lumière et le ciel, c'est donc lui !

Oui, ma vie ! oui, tout rit à deux âmes fidèles.
Tu viens : l'été, l'amour, le ciel, tout est à moi !
Et je sens qu'il m'éclôt des ailes
Pour m'élancer vers toi !

POINT D'ADIEU

Vous, dont l'austérité condamne la tendresse,
Vous, dont le froid printemps s'est perdu sans ivresse
Qui n'offrez à l'amour que des yeux en courroux,
Pardonnez-moi mes vers, ils ne sont pas pour vous.

Toi, dont l'âme, à la fois aimante et malheureuse,
D'une âme qui t'entende appelle l'entretien,
Si je puis rencontrer ta paupière rêveuse,
Devine mon secret, devine... c'est le tien.

Presse alors sur ton cœur ces écrits pleins de larmes.
Dis-toi : « Qu'elle a souffert, que je la plains, quel sort ! »
Mais d'un bien que j'attends si je goûte les charmes,
Dis-toi : « Qu'elle est heureuse ! elle est calme, elle dort. »

Si je m'éveille, écoute ! une voix consolante
Suivra, sans les troubler, tes pas silencieux,
Et portera ces mots à ta douleur brûlante :
« Viens ! ne crains pas la mort, on aime dans les cieux ! »

SOIR D'ÉTÉ

Le soleil brûlait l'ombre, et la terre altérée
Au crépuscule errant demandait un peu d'eau ;
Chaque fleur de sa tête inclinait le fardeau
        Sur la montagne encor dorée.

Tandis que l'astre en feu descend et va s'asseoir
        Au fond de sa rouge lumière,
Dans les arbres mouvants frissonne la prière,
        Et dans les nids : « Bonsoir ! bonsoir ! »

Pas une aile à l'azur ne demande à s'étendre,
Pas un enfant ne rôde aux vergers obscurcis,
Et dans tout ce grand calme et ces tons adoucis
Le moucheron pourrait s'entendre.

L'INNOCENCE

Beau fantôme de l'innocence,
Vêtu de fleurs,
Toi qui gardes sous ta puissance
Une âme en pleurs !

O toi qui devanças nos hontes
Et nos revers,
Es-tu si grand que tu surmontes
Tout l'univers !

Le reste, comme la poussière,
S'est envolé,
Devant le feu de ma paupière
Tout s'est voilé.

Tout s'est enfui, flamme et fumée,
Tout est au vent ;
Toi seul sur mon âme enfermée
Planes souvent.

Pour courir à ta voix qui crie :
« Eternité ! »
Pour monter à Dieu que je prie,
J'ai tout jeté.

La nuit, pour chasser un mensonge
Qui me fait peur,
Ta main, plus forte que le songe,
Etreint mon cœur.

Quelle absence est assez profonde
Pour te braver,
Quand ton regard perce le monde
Pour nous trouver ?

De mon âme ont jailli des âmes
Dignes de toi :
Au milieu de ces pures flammes,
Ressaisis-moi !

Beau fantôme de l'innocence
Vêtu de fleurs,
Oh ! garde bien en ta puissance
Notre âme en pleurs.

LAISSE-NOUS PLEURER

Toi qui ris de nos cœurs prompts à se déchirer,
Rends-nous notre ignorance, ou laisse-nous pleurer !
Promets-nous à jamais le soleil, la nuit même,
Oui, la nuit à jamais, promets-la-moi ! je l'aime,
Avec ses astres blancs, ses flambeaux, ses sommeils,
Son rêve errant toujours et toujours ses réveils,
Et toujours, pour calmer la brûlante insomnie,
D'un monde où rien ne meurt l'éternelle harmonie !

Ce monde était le mien quand, les ailes aux vents,
Mon âme encore oiseau rasait les jours mouvants,
Quand je mordais aux fruits que ma sœur, chère aînée,
Cueillait à l'arbre entier de notre destinée ;
Puis, en nous regardant jusqu'au fond de nos yeux,
Nous éclations d'un rire à faire ouvrir les cieux,
Car nous ne savions rien. Plus agiles que l'onde,
Nos âmes s'en allaient chanter autour du monde,
Lorsqu'avec moi, promise aux profondes amours,
Nous n'épelions partout qu'un mot : « Toujours ! toujours ! »

Philosophe distrait, amant des théories,
Qui n'ôtes ton chapeau qu'aux madones fleuries,
Quand tu diras toujours que vivre c'est penser,
Qu'il faut que l'oiseau chante, et qu'il nous faut danser,
Et qu'alors qu'on est femme il faut porter des roses,
Tu ne changeras pas le cours amer des choses.

Pourquoi donc nous chercher, nous qui ne dansons pas ?
Pourquoi nous écouter, nous qui parlons tout bas ?
Nous n'allons point usant nos yeux au même livre :
Le mien se lit dans l'ombre où Dieu m'apprend à vivre.

Toi, qui ris de nos cœurs prompts à se déchirer,
Rends-nous notre ignorance, ou laisse-nous pleurer.

Vois, si tu n'as pas vu, la plus petite fille
S'éprendre des soucis d'une jeune famille,
Eclore à la douleur par le pressentiment,
Pâlir pour sa poupée heurtée imprudemment,
Prier Dieu, puis sourire en berçant son idole
Qu'elle croit endormie au son de sa parole :
Fière du vague instinct de sa fécondité,
Elle couve une autre âme à l'immortalité.
Laisse-lui ses berceaux : ta raillerie amère
Eteindrait son enfant.. Tu vois bien qu'elle est mère.

A la mère du moins laisse les beaux enfants,
Ingrats, si Dieu le veut, mais à jamais vivants !
Sinon, de quoi ris-tu ? Va ! j'ai le droit des larmes ;
Va ! sur les flancs brisés ne porte pas tes armes.

Toi qui ris de nos cœurs prompts à se déchirer,
Rends-nous notre innocence, ou laisse-nous pleurer !

INÈS

Je ne dis rien de toi, toi, la plus enfermée !
Toi, la plus douloureuse, et non la moins aimée !
Toi, rentrée en mon sein ! je ne dis rien de toi
Qui souffres, qui te plains, et qui meurs avec moi !

Le sais-tu maintenant, ô jalouse adorée,
Ce que je te vouais de tendresse ignorée ?
Connais-tu maintenant, me l'ayant emporté,
Mon cœur qui bat si triste et pleure à ton côté ?

L'AME ERRANTE

Je suis la prière qui passe
Sur la terre où rien n'est à moi ;
Je suis le ramier dans l'espace,
Amour où je cherche après toi.
Effleurant la route féconde,
Glanant la vie à chaque lieu,
J'ai touché les deux flancs du monde,
Suspendue au souffle de Dieu.

Ce souffle épura la tendresse
Qui coulait de mon chant plaintif,
Et répandit sa sainte ivresse
Sur le pauvre et sur le captif.
Et me voici louant encore
Mon seul avoir, le souvenir,
M'envolant d'aurore en aurore
Vers l'infinissable avenir.

Je vais au désert plein d'eaux vives
Laver les ailes de mon cœur,
Car je sais qu'il est d'autres rives
Pour ceux qui vous cherchent, Seigneur !
J'y verrai monter les phalanges
Des peuples tués par la faim,
Comme s'en retournent les anges,
Bannis, mais rappelés enfin...

Laissez-moi passer, je suis mère ;
Je vais redemander au sort
Les doux fruits d'une fleur amère,
Mes petits volés par la mort.
Créateur de leurs jeunes charmes,
Vous qui comptez les cris fervents,
Je vous donnerai tant de larmes
Que vous me rendrez mes enfants !

TRISTESSE

Si je pouvais trouver un éternel sourire,
Voile innocent d'un cœur qui s'ouvre et se déchire,
Je l'étendrais toujours sur mes pleurs mal cachés
Et qui tombent souvent par leur poids épanchés.

Renfermée à jamais dans mon âme abattue,
Je dirais : « Ce n'est rien, » à tout ce qui me tue ;
Et mon front orageux, sans nuage et sans pli,
Du calme enfant qui dort peindrait l'heureux oubli.

Dieu n'a pas fait pour nous ce mensonge adorable,
Le sourire défaille à la plaie incurable :
Cette grâce mêlée à la coupe de fiel,
Dieu mourant l'épuisa pour l'emporter au ciel.

Adieu, sourire ! adieu jusque dans l'autre vie,
Si l'âme, du passé n'y peut être suivie !
Mais si de la mémoire on ne doit pas guérir,
A quoi sert, ô mon âme, à quoi sert de mourir ?

LA JOURNÉE PERDUE

Me voici... je respire à peine!
Une feuille m'intimidait;
Le bruit du ruisseau m'alarmait;
Je te vois... Je n'ai plus d'haleine!
Attends... Je croyais aujourd'hui
Ne pouvoir respirer auprès de ce que j'aime;
Je me sentais mourir, en ce tourment extrême,
De ta peine et de mon ennui.

Quoi! je cherche ta main, et tu n'oses sourire!
Ton regard me pénètre et semble m'accuser!
Je te pardonne, ingrat, tout ce qu'il semble dire;
Mais laisse-moi du moins le temps de m'excuser.

J'ai vu nos moissonneurs réunis sous l'ombrage;
Ils chantaient; mais pas un ne dit bien ta chanson.
Ma mère, lasse enfin de veiller la moisson,
Dormait. Je voyais tout, les yeux sur mon ouvrage.

Alors, en retenant le souffle de mon cœur,
Qui battait sous ma collerette,
Je fuyais dans les blés, ainsi qu'une fauvette
Quand on l'appelle, ou qu'elle a peur.

Je suivais en courant ton image chérie,
Qui m'attirait, souriait comme toi ;
Mais aux travaux de la prairie
Les malins moissonneurs m'enchaînaient malgré moi.
L'un m'appelait si haut qu'il éveillait ma mère ;
Je revenais confuse, en cueillant des pavots,
Et, caressant ses yeux de leur fraîcheur légère,
Je grondais le méchant qui troublait son repos.
Hélas ! j'aurais voulu m'endormir auprès d'elle,
Mais je ne dors jamais le jour ;
La nuit même, la nuit me paraît éternelle,
Et j'aime mieux te voir que de rêver d'amour.
Que mon cœur est changé ! Comme il était tranquille
Je le sentais à peine respirer.
Ah ! quand il ne fait plus que battre et soupirer,
L'heure qui nous sépare au temps est inutile.
En voyant le soleil encor si loin du soir,
Je me disais : « Mon Dieu ! que ma mère est heureuse!
Le repos la surprend dès qu'elle peut s'asseoir ;
Ma mère n'est pas amoureuse ! »
Et je fermais les yeux pour rêver le bonheur ;
Et mes yeux te voyaient couché dans ce bois sombre,
Et, quand tu gémissais à l'ombre,
Le soleil me brûlait le cœur.
. . . .

Regarde : ce matin j'avais tressé ces fleurs ;
Mais quoi ! Tout a langui des feux de la journée,
Et la couronne à l'Amour destinée
N'a servi qu'à voiler mes pleurs.
Je pleurais : c'est que l'heure, à présent si légère,
Dormait comme ma mère.

Enfin le jour se cache et me prend en pitié,
Enfin l'agneau bêlant quitte le pâturage ;
Ma mère sans me voir est rentrée au village.
Et déjà ma promesse est remplie à moitié.
Je te vois, je te parle, et je te donne encore
Ce bouquet dont l'éclat s'est perdu sur mon sein.
Demande-lui si je t'adore ;
Moi, j'accours seulement pour te dire : « A demain ! »

L'ADIEU DU SOIR

Dieu ! qu'il est tard ! Quelle surprise !
Le temps a fui comme un éclair ;
Douze fois l'heure a frappé l'air,
Et près de toi je suis encore assise !
Et loin de pressentir le moment du sommeil,
Je croyais voir encore un rayon de soleil !

Se peut-il que déjà l'oiseau dorme au bocage !
Ah ! pour dormir il fait si beau !
Les étoiles en feu brillent dans le ruisseau,
Et le ciel n'a pas un nuage.
On dirait que c'est pour l'Amour
Qu'une si belle nuit a remplacé le jour !
Mais, il le faut, regagne ta chaumière ;

Garde-toi d'éveiller notre chien endormi,
Il méconnaîtrait son ami,
Et de mon imprudence il instruirait ma mère.
Tu ne me réponds pas ? tu détournes les yeux !

Hélas ! tu veux en vain me cacher ta tristesse ;
Tout ce qui manque à ta tendresse
Ne manque-t-il pas à mes vœux ?
De te quitter donne-moi le courage ;
Ecoute la raison, va-t-en. Laisse ma main !
Il est minuit ; tout repose au village,
Et nous voilà presque à demain !
Ecoute ! si le soir nous cause un mal extrême,
Bientôt le jour saura nous réunir,
Et le bonheur du souvenir
Va se confondre encore avec le bonheur même.
Mais, je le sens, j'ai beau compter sur ton retour,
En te disant adieu chaque soir je soupire ;
Ah ! puissions-nous bientôt désapprendre à le dire !
Ce mot, ce triste mot n'est pas fait pour l'amour.

LA NUIT

Viens ! le jour va s'éteindre... Il s'efface, et je pleure.
N'as-tu pas entendu ma voix ? Ecoute l'heure ;
C'est ma voix qui te nomme et t'accuse tout bas ;
C'est l'Amour qui t'appelle, et tu ne l'entends pas !

Mon courage se meurt. Toute à ta chère idée,
D'elle, de toi toujours tendrement obsédée,
Pour ton ombre j'ai pris l'ombre d'un voyageur,
Et c'était un vieillard riant de ma rougeur.

Eh quoi ! le jour s'éteint ? N'est-ce pas un nuage,
Un vain semblant du soir, un fugitif orage ?
Que je voudrais le croire ! Hélas ! un si beau jour
Ne devrait pas mourir sans consoler l'Amour.
Viens ! ce voile jaloux ne doit pas te surprendre.
Dans les cieux à son gré laisse-le se répandre ;
Ne va pas comme moi le prendre pour la nuit,
Quand son obscurité m'importune et me nuit.
Si le soleil plus pur allait paraître encore !
Si j'allais avec lui revoir ce que j'adore !
Si je pouvais du moins, en lui livrant ces fleurs,
Me cacher dans son sein, et rougir de mes pleurs !
Il me dirait : « Je viens, j'accours, ma bien-aimée !
« Ce nuage qui fuit t'aurait-il alarmée ?
La nuit est loin, regarde ! » Et je verrais ses yeux
Rendre la vie aux miens, et la lumière aux cieux.

Non ! Le jour est fini. Ce calme inaltérable,
L'oiseau silencieux fatigué de bonheur,
Le chant vague et lointain du jeune moissonneur,
Tout m'invite au repos... tout m'insulte et m'accable.

Mais adieu tout ! adieu, toi qui ne m'entends pas,
Toi qui m'as retenu la moitié de mon être,
Qui n'as pu m'oublier, qui vas venir peut-être !
Tu trouveras au moins la trace de mes pas,

Si tu viens ! Adieu, bois où l'ombre est si brûlante !...
Nuit plus brûlante encor, nuit sans pavots pour moi,
Tu règnes donc enfin ! Oui, c'est toi, c'est bien toi !
Quand me rendras-tu l'aube ? Oh ! que la nuit est lente !
Hélas ! si du soleil tu balances le cours,
Tu vas donc ressembler au plus long de mes jours !
L'alouette est rentrée aux sillons ; la cigale
A peine dans les airs jette sa note égale ;
Un souffle éveillerait les échos du vallon,
Et les échos muets ne diront pas mon nom.
Et vous, dont la fatigue a suspendu la course,
Vieillard ! ne riez plus, si mes tristes accents...
Non ! déjà le sommeil appesantit ses sens ;
Il rêve sa jeunesse au doux bruit de la source.
Oh ! que je porte envie à ses songes confus !
Que je le trouve heureux ! Il dort, il n'attend plus.

DERNIÈRE ENTREVUE

Attends, nous allons dire adieu :
Ce mot seul désarmera Dieu.

Les voilà ces feuilles brûlantes
Qu'échangèrent nos mains tremblantes.

Où l'amour répandit par flots
Ses cris, ses flammes, ses sanglots.

Délivrons ces âmes confuses,
Rendons l'air aux pauvres recluses.

Attends, nous allons dire adieu :
Ce mot seul désarmera Dieu.

Voici celle qui m'a perdue...
Lis ! Quand je te l'aurai rendue.

De tant de mal, de tant de bien,
Il ne me restera plus rien.

Brûlons ces tristes fleurs d'orage,
Moi, par effroi ; toi, par courage.

Elles survivraient trop d'un jour
Au naufrage d'un tel amour.

Par pitié, sois-nous inflexible !
Pour ce sacrifice impossible.

Il fallait le secours des cieux,
Et les regarder dans tes yeux !

Contre toi le sort n'a plus d'armes ;
Oh ! ne pleure pas... bois mes larmes !

Lève au ciel ton front abattu ;
Je t'aime à jamais : le sais-tu ?

Mais te voilà près de la porte...
La terre s'en va... je suis morte !...

Hélas ! je n'ai pas dit adieu...
Toi seul es sauvé devant Dieu !

LE SECRET PERDU

Qui me consolera ? — « Moi seule, a dit l'étude :
« J'ai des secrets nombreux pour ranimer tes jours. » —
Les livres ont dès lors peuplé ma solitude,
Et j'appris que tout pleure, et je pleurai toujours.

Qui me consolera ? — « Moi, m'a dit la parure ;
« Voici des nœuds, du fard, des perles et de l'or. » —
Et j'essayai sur moi l'innocente imposture,
Mais je parais mon deuil, et je pleurais encor.

Qui me consolera ? — « Nous, m'ont dit les voyages ;
Laisse-nous t'emporter vers de lointaines fleurs. » —
Mais, toute éprise encor de mes premiers ombrages,
Les ombrages nouveaux n'ont caché que mes pleurs.

Qui me consolera ? — Rien, plus rien, plus personne !
Ni leurs voix, ni ta voix ; mais descends dans ton cœur
Le secret qui guérit n'est qu'en toi. Dieu le donne :
Si Dieu te l'a repris, va ! renonce au bonheur !

LA FEUILLE VOLÉE

Va-t-il écrire à sa maîtresse,
L'oiseau vainqueur, le moineau franc,
Sur ce larcin que son bec presse,
Sur ce lambeau de vélin blanc ?

Il me l'a pris. J'allais moi-même,
Trempé de pardon et d'espoir,
L'envoyer à l'absent que j'aime,
Et l'appeler... s'il veut me voir.

Souffle hardi qui viens de naître
Parmi les souffles de l'été,
Je t'avais ouvert ma fenêtre,
Et tu voles ma pauvreté !

Oiseau, le fragment d'une page
Peut contenir tant de bonheur !
Ah ! si tu le sais, sois mon page,
Et ne t'en va pas sans mon cœur.

Ce cœur, souvent, révèle à peine
Le trouble enfermé de mon sort :
Ma voix ardente est sans haleine,
Mon âme en pleurs est sans essor.

Et tes ailes me font envie
Quand ta volonté frappe l'air.
Ton cri rapide est une vie !
Ton vol, un innocent éclair !

O flèche amoureuse lancée,
Aussi prompte que ton désir,
L'objet de ta fuite empressée,
Dieu ! que tu dois bien le saisir !

Toi, chez qui le printemps allume
L'audace et l'élan de l'amour,
Remets ce papier sous ma plume
Puisqu'il va promettre un beau jour.

Mais tu t'enfuis, charmante chose,
En me regardant de travers ;
Car tu hais la cellule close,
Toi dont la cage est l'univers !

LES ROSES DE SAADI

J'ai voulu ce matin te rapporter des roses ;
Mais j'en avais tant pris dans mes ceintures closes
Que les nœuds trop serrés n'ont pu les contenir.

Les nœuds ont éclaté. Les roses envolées
Dans le vent, à la mer s'en sont toutes allées.
Elles ont suivi l'eau pour ne plus revenir ;
La vague en a paru rouge et comme enflammée,
Ce soir, ma robe encore en est toute embaumée...
Respires-en sur moi l'odorant souvenir.

LA JEUNE FILLE ET LE RAMIER

Les rumeurs du jardin disent qu'il va pleuvoir ;
Tout tressaille, averti de la prochaine ondée ;
Et toi qui ne lis plus, sur ton livre accoudée,
Plains-tu l'absent aimé qui ne pourra te voir ?

Là-bas, pliant son aile et mouillé sous l'ombrage,
Banni de l'horizon qu'il n'atteint que des yeux,
Appelant sa compagne et regardant les cieux,
Un ramier, comme toi, soupire de l'orage.

Laissez pleuvoir, ô cœurs solitaires et doux !
Sous l'orage qui passe il renaît tant de choses.
Le soleil sans la pluie ouvrirait-il les roses ?
Amants, vous attendez ! de quoi vous plaignez-vous ?

SANS L'OUBLIER

Sans l'oublier on peut fuir ce qu'on aime,
On peut bannir son nom de ses discours,
Et, de l'absence implorant le secours,
Se dérober à ce maître suprême
    Sans l'oublier !

Sans oublier une voix triste et tendre
Oh ! que de jours j'ai vus naître et finir !
Je la redoute encor dans l'avenir :
C'est une voix que l'on cesse d'entendre
    Sans l'oublier !

LES DEUX JEUNES MARINIÈRES

MARINA

Vois-tu ! si j'avais ta beauté,
Cousine, et sa fleur jeune et tendre,
Je me garderais bien d'attendre,
Seule dans ma fidélité.

Pour un marin qui trace l'onde
Au lieu de m'ennuyer au monde,
Ma foi !
J'aurais plus de plaisirs que toi.

LALY GALINE

Tu crois donc que j'ai de l'ennui
Cousine, en ma chambre fermée ?
J'y travaille toute charmée ;
Est-on seule en pensant à lui ?
Tourner le dos à son image,
Mon Dieu ! ce serait bien dommage.
Crois-moi !
Je suis bien moins seule que toi.

MARINA

Ton amant n'est qu'un matelot
Qui n'a rien à lui que son âme,
Fidèle au serment d'une femme
Autant que le vent l'est au flot !
Laly ! je te le jure encore,
Si l'on m'aimait comme on t'adore,
Ma foi !
J'aurais plus de joyaux que toi.

LALY GALINE

Je prépare en filant mon lin
La toile de notre ménage,
Et je n'ai pour tout voisinage
Que mon Christ en papier vélin,
Puis, pour parer ma cheminée,
Sa barque qu'il a dessinée...

Crois-moi !
Je suis bien plus riche que toi.

MARINA

Ton lin ne dure pas toujours.
On se fait voir aux jours de fête,
On met des rubans sur sa tête,
Et l'on danse à d'autres amours !
Prends les rubans que l'on t'apporte...
Ah ! s'il en pleuvait à ma porte,
Ma foi !
J'aurais d'autres atours que toi.

LALY GALINE

Cousine, on ne fait pas son sort ;
Le mien est d'être une humble femme
Les joyaux n'échauffent point l'âme,
Un cheveu qu'on aime est plus fort !
Sa chanson... tu sais bien laquelle !
Je chante et je pleure avec elle.
Crois-moi !
Je chante plus souvent que toi.

MARINA

Eh bien ! tu pleures trop souvent ;
On te trouve déjà pâlie.
Moi, de peur d'être moins jolie,
Je jetterais la plume au vent.
Sous tes pieds tu mets ta fortune :
Si mes beaux yeux m'en donnaient une,
Ma foi !
Je serais plus fine que toi.

LALY GALINE

Ma fortune ? Il l'apportera.
Lorsque l'heure est toute sonnée,
Je suis moins lourde d'une année,
Car l'heure a dit : « Il reviendra ! »
Va ! quelque pauvre qu'il revienne
Et tende sa main vers la mienne,
Crois-moi !
Nous seront plus heureux que toi.

JE SAIS PLUS, JE NE VEUX PLUS

Je ne sais plus d'où naissait ma colère ;
Il a parlé... ses torts sont disparus.
Ses yeux priaient, sa bouche voulait plaire :
Où fuyais-tu, ma timide colère ?
Je ne sais plus.

Je ne veux plus regarder ce que j'aime.
Dès qu'il sourit, tous mes pleurs sont perdus.
En vain, par force ou par douceur suprême,
L'Amour et lui veulent encor que j'aime ;
Je ne veux plus.

Je ne sais plus le fuir en son absence ;
Tous mes serments alors sont superflus,
Sans me trahir, j'ai bravé sa présence ;
Mais sans mourir supporter son absence,
Je ne sais plus !

UN MOMENT

Un moment suffira pour payer une année ;
Le regret plus longtemps ne peut nourrir mon sort.
Quoi ! l'Amour n'a-t-il pas une heure fortunée
Pour celle dont, peut-être, il avance la mort ?
Une heure, une heure, Amour ! une heure sans alarmes,
Avec lui, loin du monde ! après ce long tourment,
Laisse encor se mêler nos regards et nos larmes ;
Et si c'est trop d'une heure... un moment ! un moment

Vois-tu ces fleurs, Amour ? c'est lui qui les envoie,
Brûlantes de son souffle, humides de ses pleurs ;
Sèche-les sur mon sein par un rayon de joie,
Et que je vive assez pour lui rendre ses fleurs !
Une heure, une heure, Amour ! une heure sans alarmes,
Avec lui, loin du monde ! après ce long tourment,
Laisse encor se mêler nos regards et nos larmes ;
Et si c'est trop d'une heure... un moment ! un moment!

Rends-moi le son chéri de cette voix fidèle :
Il m'aime, il souffre, il meurt, et tu peux le guérir !
Que je sente sa main, que je dise : « C'est elle ! »
Qu'il me dise : « Je meurs ! » Alors, fais-moi mourir.
Une heure, une heure, Amour ! une heure sans alarmes,
Avec lui, loin du monde ! après ce long tourment,
Laisse encor se mêler nos regards et nos larmes ;
Et si c'est trop d'une heure... un moment ! un moment !

LE RÉVEIL

Sur ce lit de roseaux puis-je dormir encore ?
Je sens l'air embaumé courir autour de toi ;
Ta bouche est une fleur dont le parfum dévore :
Approche, ô mon trésor, et ne brûle que moi.
Eveille, éveille-toi !

Mais ce souffle d'amour, ce baiser que j'envie,
Sur tes lèvres encor je n'ose le ravir ;
Accordé par ton cœur, il doublera ma vie.
Ton sommeil se prolonge, et tu me fais mourir ;
Je n'ose le ravir.

Viens, sous les bananiers nous trouverons l'ombrage.
Les oiseaux vont chanter en voyant notre amour.
Le soleil est jaloux, il est sous un nuage,
Et c'est dans tes yeux seuls que je cherche le jour :
Viens éclairer l'Amour.

Non, non, tu ne dors plus, tu partages ma flamme ;
Tes baisers sont le miel que nous donnent les fleurs.
Ton cœur a soupiré, viens-tu chercher mon âme ?
Elle erre sur ma bouche et veut sécher tes pleurs.
Cache-moi sous des fleurs.

LE SOUVENIR

O délire d'une heure auprès de lui passée,
Reste dans ma pensée !
Par toi tout le bonheur que m'offre l'avenir
Est dans mon souvenir.

Je ne m'expose plus à le voir, à l'entendre,
Je n'ose plus l'attendre,
Et si je puis encor supporter l'avenir,
C'est par le souvenir.

Le temps ne viendra pas pour guérir ma souffrance,
Je n'ai plus d'espérance ;
Mais je ne voudrais pas, pour tout mon avenir,
Perdre le souvenir !

LA FLEUR RENVOYÉE

Adieu, douce pensée,
Image du plaisir !
Mon âme est trop blessée,
Tu ne peux la guérir.

L'espérance légère
De mon bonheur
Fut douce et passagère,
Comme ta fleur.

Rien ne me fait envie,
Je ne veux plus te voir.
Je n'aime plus la vie,
Qu'ai-je besoin d'espoir ?
En ce moment d'alarme
Pourquoi t'offrir ?
Il ne faut qu'une larme
Pour te flétrir.

Par toi, ce que j'adore
Avait surpris mon cœur ;
Par toi, veut-il encore
Egarer ma candeur ?
Son ivresse est passée ;
Mais, en retour,
Qu'est-ce qu'une pensée
Pour tant d'amour ?

LE PREMIER AMOUR

Vous souvient-il de cette jeune amie,
Au regard tendre, au maintien sage et doux ?
A peine, hélas ! au printemps de sa vie,
Son cœur sentit qu'il était fait pour vous.

Point de serment, point de vaine promesse :
Si jeune encore, on ne les connaît pas ;
Son âme pure aimait avec ivresse
Et se livrait sans honte et sans combats.

Elle a perdu son idole chérie :
Bonheur si doux a duré moins qu'un jour !
Elle n'est plus au printemps de sa vie,
Elle est encore à son premier amour.

LE RENDEZ-VOUS

Il m'attend ! je ne sais quelle mélancolie
Au trouble de l'amour se mêle en cet instant ;
Mon cœur s'est arrêté sous ma main affaiblie ;
L'heure sonne au hameau ; je l'écoute... et pourtant
Il m'attend !

Il m'attend ! d'où vient donc que dans ma chevelure
Je ne puis enlacer les fleurs qu'il aime tant ?
J'ai commencé deux fois sans finir ma parure,
Je n'ai pas regardé le miroir... et pourtant
Il m'attend !

Il m'attend! le bonheur recèle-t-il des larmes ?
Que faut-il inventer pour le rendre content ?
Mes bouquets, mes aveux, ont-ils perdu leurs charmes ?
Il est triste, il soupire, il se tait... et pourtant
Il m'attend !

Il m'attend ! au retour serai-je plus heureuse ?
Quelle crainte s'élève en mon sein palpitant ?
Ah ! dût-il me trouver moins tendre que peureuse.
Ah ! dussé-je en pleurer, viens, ma mère... et pourtant
Il m'attend !

LE SOIR

Seule avec toi dans ce bocage sombre ?
Qu'y ferions-nous ? à peine on peut s'y voir.
Nous sommes bien ! Peux-tu désirer l'ombre ?
Pour se perdre des yeux c'est bien assez du soir !
Auprès de toi j'adore la lumière,
Et quand tes doux regards ne brillent plus sur moi,
Dès que la nuit a voilé ta chaumière,
Je me retrouve, en fermant ma paupière,
Seule avec toi.

Sûr d'être aimé, quel vœu te trouble encore ?
Si près du mien, que désire ton cœur ?
Sans me parler ta tristesse m'implore :
Ce qu'on voit dans tes yeux n'est donc pas le bonheur ?
Quel vague objet tourmente ton envie ?
N'as-tu pas mon serment dans ton sein renfermé ?
Qui te rendra ta douce paix ravie ?
Dis ! quel bonheur peut manquer à ta vie,
Sûr d'être aimé ?

Ne parle pas ! je ne veux pas entendre :
Je crains tes yeux, ton silence, ta voix.
N'augmente pas une frayeur si tendre ;
Hélas ! je ne sais plus m'enfuir comme autrefois,
Je sens mon âme à la tienne attachée,
J'entends battre ton cœur qui m'appelle tout bas :
Heureuse, triste, et sur ton sein penchée,
Ah ! si tu veux m'y retenir cachée,
Ne parle pas !

POINT D'ADIEU

Jeunesse, adieu ! car j'ai beau faire,
J'ai beau t'étreindre et te presser,
J'ai beau gémir et t'embrasser,
Nous fuyons en pays contraire.

Ton souffle tiède est si charmant !
On est si beau sous ta couronne !
Tiens, ce baiser que je te donne,
Laiss[illegible] durer un moment.

Ce long baiser, douce chérie,
Si c'est notre adieu sans retour,
Ne le romps pas jusqu'au détour
De cette haie encor fleurie !

Si j'ai mal porté tes couleurs,
Ce n'est pas ma faute, ô Jeunesse
Le vent glacé de la tristesse
Hâte bien la chute des fleurs !

VEILLÉE

Quand ma lampe est éteinte, et que pas une étoile
Ne scintille en hiver aux vitres des maisons,
Quand plus rien ne s'allume aux sombres horizons,
Et que la lune marche à travers un long voile,
O Vierge ! ô ma lumière ! en regardant les cieux,
Mon cœur qui croit en vous voit rayonner vos yeux.

Non ! tout n'est pas malheur sur la terre flottante :
Agité sans repos par la mer inconstante,
Cet immense vaisseau, prêt à sombrer le soir,
Se relève à l'aurore élancé vers l'espoir.
Chaque âme y trouve un mât pour y poser son aile,
Avant de regagner sa patrie éternelle.

Et tous les passagers, l'un à l'autre inconnus,
Se regardent, disant : « D'où sommes-nous venus ? »
Ils ne répondent pas. Pourtant, sous leur paupière,
Tous portent le rayon de divine lumière ;
Et tous ces hauts pensers m'éblouissent... j'ai peur ;
Mais je me dis encor : « Non, tout n'est pas malheur ! »

SOLITUDE

Abîme à franchir seule, où personne, oh ! personne,
Ne touchera ma main froide à tous après toi ;
Seulement à ma porte, où quelquefois Dieu sonne,
Le pauvre verra, lui, que je suis encor moi.
Si je vis ! Puis, un soir, ton essor plus paisible
S'abattra sur mon cœur immobile, brisé
Par toi, mais tiède encor d'avoir été sensible
Et vainement désabusé !

L'HIVER

Non, ce n'est pas l'été, dans le jardin qui brille,
Où tu t'aimes de vivre, où tu ris, cœur d'enfant !
Où tu vas demander à quelque jeune fille
Son bouquet frais comme elle et que rien ne défend ;

Ce n'est pas aux feux blancs de l'aube qui t'éveille,
Qui rouvre à ta pensée un lumineux chemin,
Quand tu crois, aux parfums retrouvés de la veille,
Saisir déjà l'objet qui t'a dit : « A demain ! »

Non ! ce n'est pas le jour, sous le soleil d'où tombent
Les roses, les senteurs, les splendides clartés,
Les terrestres amours qui naissent et succombent,
Que tu dois me rêver pleurante à tes côtés.

C'est l'hiver, c'est le soir, près d'un feu dont la flamme
Eclaire le passé dans le fond de ton âme.
Au milieu du sommeil qui plane autour de toi
Une forme s'élève ; elle est pâle ; c'est moi !

C'est moi qui viens poser mon nom sur ta pensée,
Sur ton cœur étonné de me revoir encor,
Triste, comme on est triste, a-t-on dit, dans la mort,
A se voir poursuivi par quelque âme blessée,
Vous chuchotant tout bas ce qu'elle a dû souffrir,
Qui passe et dit : « C'est vous qui m'avez fait mourir ! »

RÊVE D'UNE FEMME

Veux-tu recommencer la vie,
Femme, dont le front va pâlir ?
Veux-tu l'enfance, encor suivie
D'anges enfants pour l'embellir ?
Veux-tu les baisers de ta mère.
Echauffant tes jours au berceau ?
— « Quoi ? mon doux Eden éphémère ?
Oh ! oui, mon Dieu ! c'était si beau ! »

Sous la paternelle puissance
Veux-tu reprendre un calme essor,
Et dans des parfums d'innocence
Laisser épanouir ton sort ?
Veux-tu remonter le bel âge,
L'aile au vent comme un jeune oiseau ?
— « Pourvu qu'il dure davantage,
Oh ! oui, mon Dieu ! c'était si beau ! »

Veux-tu rapprendre l'ignorance
Dans un livre à peine entr'ouvert ?
Veux-tu ta plus vierge espérance,
Oublieuse aussi de l'hiver ?
Tes frais chemins et tes colombes
Les veux-tu jeunes comme toi ?
— « Si mes chemins n'ont plus de tombes,
Oh ! oui, mon Dieu ! rendez-les moi ! »

Reprends donc de ta destinée
L'encens, la musique, les fleurs !
Et reviens, d'année en année,
Au temps qui change tout en pleurs ;
Va retrouver l'amour, le même !
Lampe orageuse, allume-toi !
— « Retourner au monde où l'on aime ?...
O mon Sauveur ! éteignez-moi ! »

AFFLICTION

S'en aller, à travers des pleurs et des sourires,
Achever par le monde un sort amer et pur,
User sa robe blanche, et, pour une d'azur,
En laisser les lambeaux aux ronces des martyres,
C'est ma vie. Un roseau semble plus fort que moi,
Je ne m'appuie à rien que je ne tombe à terre,
Et je chante pourtant l'ineffable mystère
Qui de mon cœur trahi fait un cœur plein de foi !

D'où vient donc que ce jour surpasse la tristesse
De tous les jours tombés hors de ma vie ? Eh ! quoi !
Sur mes heures, que pousse une immobile loi,
Le pied du temps bondit de la même vitesse !
D'où vient donc que j'étouffe au sein de l'univers ?
Ah ! c'est qu'ils m'ont blessée au milieu de la foule :
Du grand arbre agité, feuille que le vent roule,
Ils ont soufflé loin d'eux mes mobiles revers.

Allons donc ! Adieu donc, ville inhospitalière,
Ville trois fois fermée à mes humbles malheurs,
Pour d'autres si riante et si pleine de fleurs,
Où ma vie arriva, blonde et pure écolière,
A quinze ans ; ville austère où j'appris à pleurer,
Où j'apportais un cœur si tendre à déchirer !...

Allons ! Je n'entre pas dans un désert, la vie
Autour de moi se meut, j'ai mon ombre au soleil,
Partout je trouve terre où le ciel m'a suivie,
Partout quelque oiseau chante au fond de mon sommeil.
Naguère, quand leurs traits dans l'ombre m'ont touchée,
Je m'en allai vers Dieu ; j'y retourne aujourd'hui :
Car sa main est pour tous, et je m'y sens cachée ;
Elle s'étend vers moi ; moi, je me sauve à lui !

Et sous cette main qui délivre,
J'entrerai comme tous aux cieux.
Là, leur or ne pourra les suivre ;
Moi, je n'y porterai qu'un livre.
Fermé maintenant à leurs yeux.
Ce livre, ce cœur plein d'orages ;
Plein d'abîmes et plein de pleurs,
Déchiré dans toutes ses pages,
Dieu, sauveur de tous les naufrages,
Aura la clé de ses douleurs.

Mais seule, et quand le jour se voile sous la nue,
Qu'il laisse tomber l'ombre avant la nuit venue,
Quand l'oiseau sans musique erre aux champs sans couleurs,
Je ne me sens pas vivre et je ressemble aux fleurs,
Aux pauvres fleurs baissant leurs têtes murmurantes
Et qu'on prendrait au loin pour des âmes pleurantes.
Quand on se meurt, on plaint tout ce qui va mourir,
On plaint tout ce qui souffre ou qui semble souffrir.

Mourir ! On ne meurt pas quand on le pense. Une âme
Prend ses ailes longtemps avant de s'envoler ;
Une lampe longtemps s'use sans s'exhaler
Tant qu'un peu d'huile au cœur en remonte la flamme

J'ai des enfants ! leurs voix, leurs haleines, leurs jeux
Soufflent sur moi l'amour qui m'alimente encore ;
J'ai, pour les regarder, tant d'âme dans les yeux !
Mon étoile est si bien nouée à leur aurore !

On m'a blessée en vain, je ne peux pas mourir :
J'ai semé leurs printemps, je dois les voir fleurir.
Au milieu de leurs jours, inoffensive et frêle,
Mort ! oublieuse mort ! je passe sous votre aile,
Et je n'alourdis pas mon vol de haine ; hélas !
S'il fallait me venger, je ne le saurais pas.

Vraiment, le pardon calme à défaut d'espérance :
Il détend la colère ; on pleure, on apprend Dieu,
Dieu triste ! comme nous voyageur en ce lieu,
Et l'on courbe sa vie au pied de sa souffrance.
Ceux qui m'ont affligée en leurs dédains jaloux,
Ceux qui m'ont fait descendre et marcher dans l'orage,
Ceux qui m'ont pris ma part de soleil et d'ombrage,
Ceux qui sous mes pieds nus ont jeté leurs cailloux,
N'ont-ils pas leurs ennuis, leurs jaloux, leurs alarmes,
Leurs pleurs, pour expier ce qu'ils m'ont fait de larmes ?

Quoi donc ! aux durs sentiers qu'on a tous à courir,
Seigneur ! ne faut-il pas mourir et voir mourir ?
N'est-ce pas au tombeau que cheminent leurs palmes,
Leurs enfants, leurs amours qui rachètent leurs haines ?
Oh ! qui peut se venger ? Oh ! par votre abandon,
Seigneur ! par votre croix dont j'ai suivi la trace,
Par ceux qui m'ont laissé la voix pour crier grâce,
Pardon pour eux ! pour moi ! pour tous ! pardon ! pardon !

QU'EN AVEZ-VOUS FAIT ?

Vous aviez mon cœur,
Moi, j'avais le vôtre ;
Un cœur pour un cœur,
Bonheur pour bonheur !

Le vôtre est rendu,
Je n'en ai plus d'autre ;
Le vôte est rendu,
Le mien est perdu !

La feuille et la fleur
Et le fruit lui-même,
La feuille et la fleur,
L'encens, la couleur.

Qu'en avez-vous fait,
Mon maître suprême ?
Qu'en avez-vous fait,
De ce doux bienfait ?

Comme un pauvre enfant
Quitté par sa mère,
Comme un pauvre enfant
Que rien ne défend.

Vous me laissez là
Dans ma vie amère,

Vous me laissez là,
Et Dieu voit cela !

Savez-vous qu'un jour
L'homme est seul au monde ?
Savez-vous qu'un jour
Il revoit l'Amour ?

Vous appellerez,
Sans qu'on vous réponde,
Vous appellerez,
Et vous songerez !...

Vous viendrez rêvant
Sonner à ma porte,
Ami comme avant,
Vous viendrez rêvant.

Et l'on vous dira :
« Personne !... elle est morte. »
On vous le dira,
Mais, qui vous plaindra ?

LES ROSEAUX

A MA SŒUR

Deux roseaux dans les airs entrelaçaient leurs jours
Et leurs nuits ; ils pliaient, ils balançaient leur tête
Ensemble ; agenouillés aux pieds de la tempête,
Ils ne se faisaient qu'un pour être à deux toujours !

L'amitié n'eut jamais de plus étroite chaîne,
Au monde on n'a rien vu de mieux uni jamais,
On eût dit qu'ils s'aimaient jusqu'à manquer d'haleine ;
Je ne les plaignais pas d'être roseaux, j'aimais !

Et de ce frais hymen montait une harmonie
Qui parlait ! qui chantait ! triste, intime, infinie,
Quand leur sort haletant demandait au soleil
De leur donner un jour encore, un jour vermeil !
Sitôt qu'apparaissaient l'aube et sa sœur l'aurore,
« Quel bonheur ! disait l'un, je vois le ciel encore,
Je vous vois ! « L'autre aussi répondait : « Quel bonheur !
Mais j'étais bien pourtant, j'étais sur votre cœur ! »

Le vieux chêne au cœur dur, vert géant du rivage
De son calme escarpé souriait de les voir :
On ne peut contempler l'amour sans s'émouvoir,
Et tout célibataire a rêvé d'esclavage,
De cette molle étreinte où tremblaient les roseaux,
Battus des mêmes vents, lavés des mêmes eaux.
Souvent d'un rossignol la nocturne prière
Descendait se mouiller dans leurs frissons charmants ;
Souvent, quelque âme veuve y pleura la dernière
Avant de s'envoler où vont les vrais amants.

Un homme passe : adieu l'union solitaire,
Adieu le pauvre amour, doux ciment de la terre !
L'homme passe et dans l'air veut souffler une voix :
L'homme est triste ; un roseau va gémir sous ses doigts.

Leurs nœuds entrelacés dans l'eau se déchirèrent.
Du roseau qui s'en va les racines pleurèrent.
Enhardi de frayeur, l'autre voulut courir ;
Il tomba. Tomber seul, c'est tomber pour mourir !

UN BILLET DE FEMME

Puisque c'est toi qui veux nouer encore
Notre lien,
Puisque c'est toi dont le regret m'implore,
Ecoute bien :
Les longs serments, rêves trempés de charmes,
Ecrits et lus,
Comme Dieu veut qu'ils soient payés de larmes,
N'en écris plus !

Puisque la plaine après l'ombre ou l'orage
Rit au soleil,
Séchons nos yeux et reprenons courage,
Le front vermeil.
Ta voix, c'est vrai ! se lève encor chérie
Sur mon chemin ;
Mais ne dis plus : « A toujours ! » je t'en prie ;
Dis : « A demain ! »

Nos jours lointains glissés purs et suaves,
Nos jours en fleurs ;
Nos jours blessés dans l'anneau des esclaves,
Pesants de pleurs ;
De ces tableaux dont la raison soupire
Otons nos yeux,
Comme l'enfant qui s'oublie et respire,
La vue aux cieux !

Si c'est ainsi qu'une seconde vie
Peut se rouvrir,
Pour s'écouler sous une autre asservie,
Sans trop souffrir,
Par ce billet, parole de mon âme,
Qui va vers toi,
Ce soir, où veille et te rêve une femme,
Viens ! et prends-moi !

L'AUGURE

A UNE AMIE QUE J'AVAIS

Qu'avais-tu ? Quelle idée au milieu de leur joie,
T'a fait dire : « Mon Dieu ! tout est triste. » Quel coup
Frappait sur ta mémoire où quelque ombre tournoie ?
Dans leur nuit de lumière et d'encens et de soie,
Etais-tu donc bien seule et souffrais-tu beaucoup ?
Plus belle que pas une et suivi à la trace
Des parfums ruisselants de tes bandeaux de fleurs,
Reine par le maintien, poète par la grâce,
Enfant par la candeur, âme que l'âme embrasse,
Quel augure en passant t'a demandé des pleurs ?

Tu te plains de la vie, et tu te sens aimée !
Folle ! à quelle douleur en as-tu ? Je n'en sais
Qu'une immense, profonde, affreuse, envenimée,
Quand elle couve au cœur ses poisons amassés :
C'est le doute. Oh ! le doute emprisonne une vie !
C'est le geôlier de l'âme et l'espion du sommeil,
C'est le poignard levé qui nous frappe au réveil,
Christ n'en sauverait pas cette âme poursuivie !
Voilà ce que je sais de ce honteux effroi.
Et tu te sens aimée et tu te plains !... Tais-toi !

Viens ! viens épier l'aube à la lueur humide,
Quand sous ses voiles gris l'aube ouvre l'horizon.
Rien ne bruit là-bas qu'un filet d'eau limpide ;
La musique épuisée et la danse rapide,
Tout cherche le sommeil ; viens chercher la raison !
Viens ! On dirait ! la vie au fond des bois couchée ;
Pas une aile d'oiseau n'éveille l'air encor ;
Le rossignol se tait quand la lune est cachée ;
Hors toi, sous tes parfums fleur brûlante et penchée,
La nuit enchaîne tout dans un muet accord.

Viens ! Les premiers lilas sous l'ombre et la verdure
Soufflent au loin leur nom, leur forme, leurs couleurs
La terre ne dort pas, elle ouvre sa ceinture,
Son sourire invisible encense la nature,
Et son hymne au soleil va s'élancer des fleurs.

Viens dans la haute église où de hautes lumières
Sans insulter le jour brûlent à l'avenir ;
Leurs pensives clartés dessillent les paupières,
Rendent vivants les murs et parlantes les pierres,
Et montrent l'autre vie au fond du souvenir.

Viens à Dieu ! viens ! Le monde a des peurs et des larmes
Moi, le passé m'étreint ; toi, le pressentiment
Peut-être ; et quelque ronce est vouée à tes charmes,
Comme au doux fruit le ver, comme à l'amour ses armes,
Comme un fil noir à l'or enlacé tristement !

Est-ce un adieu qui frappe à ta porte, bel ange ?
Est-ce un miroir brisé par un secret ressort ?
De rayons et de nuit indicible mélange,
D'où vient, sinon d'en haut, cette lumière étrange,
Dans les moments profonds qui nous ouvrent le sort ?

Qu'ai-je donc ? Je suis folle aussi. Tu m'as troublée.
Va ! l'augure est pour moi, je l'espère, J'ai peur !
J'ai peur comme en passant une porte volée ;
Par l'ange qui bannit je m'entends rappelée,
Et sa voix me cherchait en traversant ton cœur.

On sonne !... C'est nous deux que le malheur demande
Ton père au loin chancelle, il veut te voir... Adieu !
De quelques pauvres fleurs amère réprimande !
Moi, l'exil me rejette au flot qui le commande ;
Et nous nous reverrons sur la terre, ou chez Dieu !

Déplions, déplions les manteaux de voyage
Ecoute ! les chevaux frappent au seuil. Allons !
Vers l'étoile qui tremble emporte ton courage ;
Sans une étoile, moi, je retourne à l'orage...
Vous voulez bien des pleurs, mon Dieu ! nous le voulons.

A CELLES QUI PLEURENT

Vous surtout que je plains si vous n'êtes chéries,
Vous surtout qui souffrez, je vous prends pour mes sœurs :
C'est à vous qu'elles vont, mes lentes rêveries,
Et de mes pleurs chantés les amères douceurs.

Prisonnière en ce livre une âme est contenue.
Ouvrez, lisez : comptez les jours que j'ai soufferts.
Pleureuses de ce monde où je passe inconnue,
Rêvez sur cette cendre et trempez-y vos fers.

Chantez ! un chant de femme attendrit la souffrance.
Aimez ! plus que l'amour la haine fait souffrir.
Donnez ! la charité relève l'espérance :
Tant que l'on peut donner on ne veut pas mourir !

Si vous n'avez le temps d'écrire aussi vos larmes,
Laissez-les de vos yeux descendre sur ces vers.
Absoudre, c'est prier. Prier, ce sont nos armes.
Absolvez de mon sort les feuillets entr'ouverts !

Pour livrer sa pensée au vent de la parole,
S'il faut avoir perdu quelque peu sa raison,
Qui donne son secret est plus tendre que folle :
Méprise-t-on l'oiseau qui répand sa chanson ?

PRIÈRE DE FEMME

Mon saint amour ! mon cher devoir !
Si Dieu m'accordait de te voir,
Ton logis fût-il pauvre et noir,
Trop tendre pour être peureuse,
Emportant ma chaîne amoureuse,
Sais-tu bien qui serait heureuse ?
C'est moi. Pardonnant aux méchants,
Vois-tu ! les mille oiseaux des champs
N'auraient mes ailes ni mes chants !

Pour te rapprendre le bonheur,
Sans guide, sans haine, sans peur,
J'irais m'abattre sur ton cœur,
Ou mourir de joie à ta porte.
Ah ! si vers toi Dieu me remporte,
Vivre ou mourir pour toi, qu'importe ?
Mais non ! rendue à ton amour,
Vois-tu ! je ne perdrais le jour
Qu'après l'étreinte du retour.

C'est un rêve ! il en faut ainsi
Pour traverser un long souci.
C'est mon cœur qui bat : le voici,

Il monte à toi comme une flamme!
Partage ce rêve, ô mon âme ;
C'est une prière de femme,
C'est mon souffle en ce triste lieu,
C'est le ciel depuis notre adieu :
Prends ! car c'est ma croyance en Dieu

DORS !

L'orage de tes jours a passé sur ma vie,
J'ai plié sous ton sort, j'ai pleuré de tes pleurs
Où ton âme a monté mon âme l'a suivie,
Pour aider tes chagrins, j'en ai fait mes douleurs.

Mais que peut l'amitié ? l'amour prend toute une âme!
Je n'ai rien obtenu, rien changé, rien guéri :
L'onde ne verdit plus ce qu'a séché la flamme,
Et le cœur poignardé reste froid et meurtri.

Moi, je ne suis pas morte : allons ! moi, j'aime encore ;
J'écarte devant toi les ombres du chemin.
Comme un pâle reflet descendu de l'aurore,
Moi, j'éclaire tes yeux ; moi, j'échauffe ta main.

Le malade assoupi ne sent pas de la brise
L'haleine ravivante étancher ses sueurs ;
Mais un songe a fléchi la fièvre qui le brise :
Dors ! ma vie est le songe où Dieu met ses lueurs.

Comme un ange accablé qui n'étend plus ses ailes,
Enferme ses rayons dans sa blanche beauté,
Cache ton auréole aux vives étincelles :
Moi je suis l'humble lampe émue à ton côté.

UN PRÉSAGE

J'ai vu dans l'air passer deux ailes blanches :
Est-ce pour moi que ce présage a lui ?
J'entends chanter tout un nid dans les branches
Trop de bonheur me menace aujourd'hui !
Pour le braver je suis trop faible encore.
Arrêtez-vous, ambassadeurs des cieux !
L'épi fléchit, que trop de soleil dore :
Bonheur, bonheur, ne venez pas encore ;
Eclairez-moi, ne brûlez pas mes yeux !

Tournée au Nord une cage est si sombre !
Dieu l'ouvre-t-il aux plaintes de l'oiseau,
L'aile incertaine, avant de quitter l'ombre,
Hésite et plane au-dessus du réseau.

La liberté cause un brillant vertige.
L'anneau tombé gêne encor pour courir.
Survivra-t-on si ce n'est qu'un prestige ?
L'âme recule à l'aspect du prodige :
Fut-ce de joie, on a peur de mourir.

Mais ce bouquet apparu sur ma porte
Dit-il assez ce que j'entends tout bas ?
Dernier rayon d'une âme presque morte,
Premier amour, vous ne mourez donc pas ?
Ces fleurs toujours m'annonçaient sa présence,
C'était son nom quand il allait venir.
Comme on s'aimait dans ce temps d'innocence !
Comme un rameau rouvre toute l'absence !
Que de parfums sortent du souvenir !

Je ne sais pas d'où souffle l'espérance,
Mais je l'entends rire au fond de mes pleurs.
Dieu ! qu'elle est fraîche où brûlait la souffrance !
Que son haleine étanche de douleurs !
Passante ailée au coin du toit blottie,
Y rattachant ses fils longs et dorés,
Grâce à son vol, ma force est avertie :
Bonheur ! bonheur ! je ne suis pas sortie ;
J'attends le ciel ; c'est vous, bonheur : Entrez !

LES SÉPARÉS

N'écris pas ! Je suis triste, et je voudrais m'éteindre
Les beaux été, sans toi, c'est l'amour sans flambeau.
J'ai refermé mes bras qui ne peuvent t'atteindre ;
Et, frapper à mon cœur, c'est frapper au tombeau.
N'écris pas !

N'écris pas ! n'apprenons qu'à mourir à nous-même.
Ne demande qu'à Dieu... qu'à toi si je t'aimais.
Au fond de ton silence écouter que tu m'aimes,
C'est entendre le ciel sans y monter jamais.
N'écris pas !

N'écris pas ! Je te crains ; j'ai peur de ma mémoire ;
Elle a gardé ta voix qui m'appelle souvent.
Ne montre pas l'eau vive à qui ne peut la boire.
Une chère écriture est un portrait vivant.
N'écris pas !

N'écris pas ces deux mots que je n'ose plus lire :
Il semble que ta voix les répand sur mon cœur,
Que je les vois briller à travers ton sourire ;
Il semble qu'un baiser les empreint sur mon cœur.
N'écris pas !

FIN.

TABLE DES MATIÈRES

TABLE DES MATIÈRES

Pages

IMPRIMERIE HENON
11, Rue Stendhal
PARIS